游宇明 著
YOU YUMING ZHU

MEIHUA KAILE SHIQIDUO

梅花开了十七朵

山西出版传媒集团

图书在版编目（CIP）数据

梅花开了十七朵／游宇明著．—太原：山西人民出版社，2017.4
（全国中考热点作家美文典藏书系）
ISBN 978-7-203-09894-2

Ⅰ．①梅…　Ⅱ．①游…　Ⅲ．①散文集—中国—当代
Ⅳ．①I267

中国版本图书馆CIP数据核字（2017）第048426号

梅花开了十七朵

著　　　者：	游宇明
责任编辑：	员荣亮
复　　审：	贺　权
终　　审：	秦继华
装帧设计：	张慧兵
出 版 者：	山西出版传媒集团·山西人民出版社
地　　址：	太原市建设南路21号
邮　　编：	030012
发行营销：	0351-4922220　4955996　4956039　4922127（传真）
天猫官网：	http：//sxrmcbs.tmall.com　电话：0351-4922159
E - mail：	sxskcb@163.com　发行部
	sxskcb@126.com　总编室
	jfjb-lx2007@163.com　主编
网　　址：	www.sxskcb.com
经 销 者：	山西出版传媒集团·山西人民出版社
承 印 厂：	山西出版传媒集团·山西人民印刷有限责任公司
开　　本：	890mm×1240mm　1/32
印　　张：	9
字　　数：	200千字
印　　数：	1—5000册
版　　次：	2017年4月　第1版
印　　次：	2017年4月　第1次印刷
书　　号：	ISBN 978-7-203-09894-2
定　　价：	39.80元

如有印装质量问题请与本社联系调换

目　录

第一辑　温情，星星栖息的双眼

有效期限　003
你永远拥有两个世界　006
让心灵站立　009
只能陪你一程　012
怎样的"水土"才养人　015
君子知"怕"　018
唯一可以带向远方的行囊　021
科学家的另一只翅膀　024
城市的性格　027
谦虚是一种自省　030
仗义的玫瑰　033

036　"繁华"与"素心"

039　生命的"裸重"

042　有些时间是用来"浪费"的

045　忘记自己付出的那点"好"

048　别在蓓蕾时忧心花朵的枯萎

051　自赐的鲜花

054　自卑也是一种力量

056　悲悯是一泓温情的静水

059　竺可桢的"格局"

062　用时间熬出最浓的香

065　蔡元培的"绝招"

069　善待勇敢

072　你穷的并不是尊严

第二辑　自然,不离不弃的玩伴

077　入侵者

079　悠悠草香

082　长石的秋天

085　又见秋草白

那些没有成名的美石　088

舞阳河的"岸"　091

大自然的哲学　094

叶　097

乡夜听蛙　100

崀山看石　103

樟香满街　106

水样凤凰　109

天上飘来两座庙　112

沱江捣衣声　115

走"眼"西街　117

时间的玫瑰　120

与海相拥　123

大自然的老师　127

大自然的"想象力"　130

永不远去的背影　133

第三辑　生命，栉风沐雨的栈道

怀才"待"遇　139

142	最好的人生
145	你在什么地方错过了成功
148	按自己的节奏奔跑
151	以义为利
154	谁的内心没有疤痕
157	生命的边边角角
160	人有三个自己
163	成功者最闪亮的素质
167	悦纳另一个自己
170	有一种机会你可以随时相遇
173	生活对天才的奖赏
176	自我挟持
179	别在拥挤的车厢迷失方向
182	马无夜草也会肥
185	承认"不懂"
188	处处寻"芳草"
191	触目皆他人
194	除了生死无大事
197	大度是最好的惜才
201	没钱的穷与有钱的穷

人生得意须尽欢 204

男人一跪 206

第四辑　故乡，尘世最好的天堂

梅花开了十七朵 211

父亲之笔 214

父母间的电话 217

有种原料叫母爱 220

想栽一棵树 223

被土地赐予 226

城里的绿与乡下的绿 229

行走的背影永远美丽 232

让心做个邻居 235

围墙外的大槐树 238

手迹 241

祖先的村庄 244

穿行于城市的山羊 247

城市的山水 250

大美溪砚 253

256　乡野的河

258　手磨豆腐

261　躲在时光中的老宅

264　假若有一块私人土地

267　挑担光明回家来

270　都是一种生活

273　乡间炊烟

276　母亲永远的自留地

279　乡下雨

第一辑 温情,星星栖息的双眼

心灵是我们唯一可以带向远方的行囊,拥有了一颗经过修剪的纯净优雅的心,我们也就拥有了这个世界的万能通行证。

有效期限

《杂文选刊》封底曾登过台湾著名漫画家几米一幅漫画,这幅题为《有效期限》的漫画非常空灵、飘逸。画的中心是一片浅绿的水,上部有一些叶片粗大筋脉突出开满了紫花的藤儿,中间偏下是两颗石头,大石头上坐着一大一小两个人,小石头上蹲着一只好奇的小青蛙。左下角一只洁白的小纸船正悄然无声地驶来,朦朦胧胧的影子倒映在水里,显得那样圣洁、诗意而又孤寂、无助。旁边的诗云:"一艘小纸船,悠悠地飘过来,吸饱水分,渐渐沉没。世界所有的美好,都有有效期限。"

看到漫画的一瞬,我麻木已久的心像是被什么刺了一下。"世界所有的美好,都有有效期限",这句话充满了太多的禅意。

是的,美好的事物永远是有"有效期限"的。你的事业有"有效期限"。事业的时间性,一方面表现在无论我们干出的事业多么辉煌伟大，它对他人的影响都会受到种种制约，后人不可能完全依照我们的经验、想法行事；另一方面也表现在一个人可以干事业的年龄有限，过一村少一村，经一店少一店。你的爱情有"有效期限"。且不说一个人爱另一个人是激情的产物，时段不同，爱会有所改变，就算两人患难与共、生死相依，彼此能够真正携手走过的日子也有数得很，地震、灾难、疾病、衰老等不确定因素随时可能改变我们曾经的初衷。你的亲情有"有效期限"，父母可以陪伴你的上半段，却无法呵护你的下半段；儿女能够陪伴你的下半段，却不可能参与你的上半段……你无法在所有的时空里称心如意地拥有你想要的全部天伦之乐，就像一只鸟无法在每一个季节都拥有自己优美的歌喉。

人生的"有效期限"实在数不胜数，朋友多如"过客"，来去匆匆，有"有效期限"；梦想此一时彼一时，实现了某个目标，茫然也随之而至，有"有效期限"；金钱让我们锦衣玉食，我们从中得到的快乐却一天比一天减少，有"有效期限"……世间万物的"有效期限"贯穿我们生命的全过程，充塞着我们心灵的每一个角落。

美好的事物的短暂性、时效性教会了我们珍惜。我们热爱梅花，是因为它独独袒露在冬天；我们喜欢菊花，是因为它只是微笑在秋日，假若世界上的花朵没有"有效期限"，我们想什么时候拥有就可以什么时候拥有，我们对花的那份期待、感恩就会大打折扣。事物的"有效期限"也激发着我们的进取精神。一切都是有时间限制的，一切都可能有来不及的时候，我们自然也就想到了要在生命的有效期内成就自己向往的事业，付出自己积蓄的情感，使人生的辉煌映照在时间的显示屏上。生活已经向我们昭示了一个真理：越是害怕时间消失的人，他们的脚步走得越远，生命的半径越大；越是觉得时间过剩的人，他们的脚步越是容易被心灵的木条框定，拥有的世界越小。

"世界所有的美好，都有有效期限"，这是大自然不可移易的规律，这种规律决不会因为你获得的职务的高低、名气的大小、财产的多寡而有所改变，我们能够做的只是让这种美好保持得长些、再长些。只要为美好的延长做出了不懈努力，我们的生命就是有价值的，值得所有路过你的人尊敬。

你永远拥有两个世界

任何一个人都拥有两个世界，一个是手中的世界，一个是心中的世界。手中的世界是你已经掌握的世界，比如你现在从事的职业、你目前所处的地位、你当下的亲人、朋友……心中的世界是你未曾掌握却时刻梦想获得的世界，比如你希望从事的事业、你渴望获取的财富、你渴盼争得的荣誉、你企望得到的人际关系……这两个世界构成了一个人的现在和未来，容纳了你所有的心血和汗水。

人无疑应该善待手中的世界，手中的世界是看得见、摸得着的存在，它可以让你呼吸、给你温情。但人永远不能放弃心中的世界。人有一点与动物不同，他是为梦想活着的，没有梦想，我们就没有朝气，就不会想方设法开发生命的种种潜能，就可能终生碌碌无为。心中的世界就像一座我们从来没有走近过的山，里面长满了无数价值连城的珍宝；就像一条我们从来不曾趟过的河，里面充满着迷人的波涛。手中的世界只是我们走向心中的世界的一个基地，却不是我们停步的理由。

我们想走向心中的世界，需要带几个灵魂的伴侣上路。第一个伴侣是自信。自信就是相信自己能够创造某个辉煌、抵达某种高度的心理素质。人先要相信自己，才能超越自己。一个过于自卑的人很难走出生命的辉煌。

世界总是多向度的，生活中有阳光、云霞，也会有风雨、泥泞，抵达过心中的世界的人，在只有手中的世界的时候，无不遭逢过靠山山崩靠水水流的日子。鲁迅先生一生的创作成就够高了吧，可他在民国教育部做公务员时，曾因支持学生运动，被教育总长章士钊开除过；写《哈利·波特》的杰克·罗琳现在够出名了吧，但她曾经离婚之后又碰上失业，最穷窘的时候，连一日三餐都成问题。这两个人后来之所以能够走向美丽的心中的世界，是因为他们得到了忍耐力这个好伴侣。向往心中的世界的人与一般人的区别在于：面对失败，一般人会想，我这人太笨，注定干不成这个事，干脆算了吧；向往心中的世界的人则认为，我这么聪明，眼前这点困难算什么，换个方向再试几次，我就不信突破不了。结果，他们真的取得了成功。

我们还应该极大地培育自己的才华。一个人能够闯进心中的世界，说到底是两种因素造成的，一种是精神因素，比如上文讲到的自信、忍耐力等，一种是"物质"的因素，这就是我们本身具有的干成事业的材质。人固然要有梦想，然而，如果你缺少抵达梦想的起码的才华，梦想再多也是废纸。自信、忍耐力与才华的关系，好比一条河的奔流，自信、忍耐力提供的是河床，才华是实现河流流动的势能,没有河床,河流自然流得不那么痛快;没有势能,河流根本就流不起来。

没有一个人不想踏平手中的世界的围栏,拥抱花红柳绿的心中的世界,但生活无时不在告诉我们:心中的世界不是高蹈于云端的极乐福地,它其实是一个人在手中的世界里不断出发、抵达的结果。

让心灵站立

罗伯特·科赫是德国著名的医生和细菌学家,有一天,他被召到皇宫去为国王看病。"你给我看病,不能像看别的病人那样!"国王说。"请原谅,陛下,"科赫非常平静地说,"在我眼里,病人都是国王"。

在我们某些人眼里,罗伯特·科赫真是一个傻帽,就算你平时真的对病人很好,在你心里一个国王也没有什么了不起的,但是此刻国王站在你面前,你也要说点假话,哄他高兴。比如,你可以说:"那当然,陛下您这么尊贵,我怎能像对待一般人一样地对待您呢?"如果要显得对国王无限景仰、无比忠诚,你还可以说:"是的,仁德的国王,您想的正是我准备做的,今天我特地给您带来了一个家传秘方,任何人生病,我都舍不得用,今天我把它带来了,我希望您万寿无疆,您的健康是全德国人民的幸福。"国王高兴了，还会少了你的好处吗？不说提拔你当分管医疗卫生的大臣，起码也得给个皇家医院的院长让你当当。然而，科赫没有这样做，他说出了自己的心里话。正是科赫这种在权势面前坚持让心灵站立的精神，使他赢得了我们持久的尊敬。

我们需要让心灵站立，在权势面前如此，在别的什么比如金钱、女色、荣誉等等面前也同样如此。金钱可能使我们屈服于物欲；女色可能让我们意乱情迷；一次性使用的荣誉可能让我们忘记生命最终的目标。你要想坚守自己，就必须牺牲这些被世俗看重的东西，并且在这种牺牲中高扬自己的人生信念。

让心灵站立需要一种胸怀。一个胸襟狭隘只知道为自己打算的人，一定是一个喜欢见风使舵、时刻准备让自己的心下跪的人。因为他追求的是利益，追求利益必须懂得识别天时地利人和，懂得利用谁、团结谁、孤立谁、打击谁。只有那种心怀大众、把自己的生命自觉地与社会意志结合在一起的人，才会宠辱不惊，以坚守自己灵魂的是非作为生命的最高目标。他们追求的是真理，真理不会察言观色，无论世界怎么变化，它都以自己独有的面貌存着。

让心灵站立也需要底气。悬崖上的松树不惧外界的压力和诱惑，只是以本质的执着，坚守在别人无法坚守的地方，它令人敬佩。然而，不是每一棵树都可以跻身于悬崖。悬崖上少土，需要一棵树拥有刺穿岩石的力量；悬崖上少水，需要一棵树用心灵浇灌自己，所有这一切都不是那些生活在平地里的树所具备的。树尚如此，人又何尝不是如此？有的人要本事没本事，要品质没品质，他不投机，不选择一种风险最少的途径，又怎么能讨到自己的饭票呢？当一个人拥有了在世上立足的一切，要显露才华的时候，他是才华最出众的；要显示品质的时候，他是品质最优异的，他要做到让心灵站立，也就顺理成章了。

一个人所处的环境有好有坏，能力也有大有小，希望每个人都发出一样的光、散出一样的热是不现实的。但是让自己的心灵站立，以一片真诚和坚守去面对生活，这是每个人都应该追求的基本的人生目标，达不到这一点，你就不是一个合格的人。

只能陪你一程

是一个春天的雨夜，两年多未见的老友G来看我，他手里拿来了几篇署了别人名字的文章，说与我以前发表的作品似曾相识，让我自己看一下是不是有人抄袭。G在一个公司里担任副总，是管经营的，很忙，为了这点事，专程从十多公里外的郊区跑到我家里，这使我非常感动。我们聊了一个多小时的天，G提出告辞，我反复挽留，也没有作用。我只好送他去外面的大街搭出租车，G拦住了我，他说："送君千里，终需一别，你反正只能陪我一程，就在门口止步吧！"我只好尊重他的意见。

"你反正只能陪我一程"，这话说得真好！仔细想来，人的一生其实都只可以陪人一程。我们爱自己的父母，希望他们长命百岁，但是你再孝顺他们，他们也会走在我们前面，你只能陪父母一程；我们喜欢自己的儿女，时刻梦想用自己高大的身躯为他们遮风挡雨，然而，你的能量再大，你也总有一天要走在他们前面，你只能陪儿女一程；你拥有一段美轮美奂的爱情，愿意为这爱情付出自己的一切，但你的爱人前面二十多年属于父母，后面几十年会被儿女、被命运、被生活分割，你只能陪爱人一程；你看重友谊，信奉"为朋友两肋插刀"的处世哲学，然而，总有一天，不是朋友永远离开你，就是你永远离开朋友，你只能陪朋友一程……

是的，你永远只能陪人一程，永远只能参与到他人少数的人生片断中。所以，我们应该珍惜每一个来到你身边的人，珍惜与他们在一起的分分秒秒。我们要学会以自己全部的热情去爱我们的亲人、朋友甚至陌生人。他们饥饿时，你的关爱要成为一只苹果；他们闷热时，你的牵挂要化作一根棒冰；他们寒冷时，你的呵护要变成一件棉衣……也许，他们曾经对你有过一些或轻或重的伤害，但你永远不要报复他们，而要用自己的真诚去唤醒他们的良知，点燃他们爱的本能。生活反复证明着一个道理：黑夜可以因为篝火的加入变得明亮，冰雪却无法因为寒风的参与化作温暖。

因为只能陪人一程，我们还要学会放弃。你的父母只能抚养你长大，你不要期望他们是你永远的拐杖，支撑你全部的人生；你的儿女只是你自己创造的血肉相连的朋友，而不是你的奴隶，你要懂得尊重他们的人生选择，懂得在他们成年之后主动退居配角的位置；你的爱人向你奉献了爱情，但他(她)的生命不是爱情的抵押品，你应该给他(她)必要的独立的空间、不被人介入的生活；你的朋友可以温暖你，但这种温暖应该是开放的，它必须覆盖到你之外的更多的人，你不能独占他的友谊……陪人一程注定了我们给予别人的有限性，我们又怎能要求别人无限付出？

没有一个人不梦想永远有人风雨相依，没有一个人不渴盼总是有人肝胆相照，但人作为生物的特性，注定了我们每个人都只是别人生命中的过客，只可以与人共一段生活的路。善待已经拥有的一切吧，人生最大的欣慰莫过于当别人离去时，你不存负疚之心；当你离去时，有人挥动怀念的黄手帕。

怎样的"水土"才养人

不久前听了一个演讲,演讲者引用了一句俗语,叫"一方水土养一方人",演讲者自然是从正面理解这句话的,我听了之后却反复在问自己一个问题:怎样的"水土"才养人?

中国人习惯于将"天""地""人"三个字并列,"天"与"地"就是人的"水土"。我们可以想象一下,没有高山、没有河流、没有原野、没有草木,我们无处获取木料、种植粮食、接来饮水,人怎么去生活。"水土"不仅给我们自然的凭靠,也给我们心灵以慰藉,比如看到天空之远,我们会放飞梦想的翅膀;看到大地之美,我们会产生愉悦之情。然而,我们也应该想到,能养人的"水土"一定是好"水土",如果我们的高山是被从地底掏空的,如果我们的河流是被各种工业与生活废水污染了的,如果我们的原野四处撂荒,看不到庄稼,如果我们的草木动不动被连根挖掉,这样的"水土"不仅不能养人,还会害人。

大自然的"水土"是这样,社会的"水土"也同样如此。假若一个社会人文生态和谐,我们的心灵就会被社会养得活泼开朗;假若一个社会风气不好,大家都视他人为地狱,我们的心灵必然变得狭隘偏激。

在我看来,社会的好"水土"至少需要这样几个条件:第一,社会必须是诚信的;第二,社会必须是善良的;第三,社会必须让我们每个人最大限度地发挥个人的才华。

人不是一个孤岛,必须要跟其他人打交道,社会讲诚信,我们上学不担心会拿到假通知,我们做生意不忧虑被敲诈,我们写作可以及时拿到稿费,那么,我们对这个世界就有了信心,社会各种矛盾会大量减少。

任何一个时代、任何一个社会,都不敢保证没有个别人作恶,但社会的总体必须善良。孩子摔倒了,陌生人扶一把;有人出了车祸,旁观者帮助送一下医院;学生无钱读书,有能力的人捐上一点钱,都不需要我们付出大的代价,然而,有了这样的温暖细节,得到救助的人会感受到社会的关心,日后可能向别人传递这份爱心。当社会总体的善良得到了保证,我们出门在外,才有真正的安全感,我们的言行也才会变得绅士。

西方心理学有个理论,其中提到人最大的需要是自我实现。所谓自我实现,就是想做的事终于心想事成。一个人的自我实现一方面固然依赖个体的努力,另一方面也要求我们的社会给个人提供制度的帮助,换句话就是,一个人有了某种才华,社会应该给他提供必要的舞台,使他可以及时展示自己。社会这样做了,人们的上进心才会被激发，我们的社会才有了持久前行的推力。

养人需要社会的好"水土"，但这好"水土"不会从天下掉下来，也不会从地底生出来，它说到底还是要依赖两种力量，一是每个个体，二是组织化了的公权力。每个个体都有人人是别人的"水土"的意识，尽可能给这"水土"注入正能量，社会的"水土"自然会越来越好。组织化了的公权力有足够的社会责任感，能够认识到自己肩负的使命，它就会抓好社会体制、机制的顶层设计，将绝大多数人的美好愿望变成政策、法律，让社会的列车在良性的轨道上运行。具体到咱们这个社会，因为受泛道德的一些东西影响久了，真的、假的混在一起，组织化了的公权力还得多费些脑筋，通过制度的力量一步步拢齐人心。

"养人"的"水土"从来是有责任感的人创造出来的。

君子知"怕"

朋友是个小心谨慎的人。没在家的时候,他从不让洗衣机、电饭煲等工作,也不给手机充电,怕引发电气火灾;晚上睡觉一定会关掉煤气,怕煤气发生泄漏;出远门,则会锁好家里全部的门窗,不留一个死角,怕小偷进门;上街绝对遵守交通规则,红灯停、绿灯行,不与正常行驶的车辆抢道,怕出现交通意外;与异性交往,玩笑倒是开过,但带色的绝对没有,在他看来,开玩笑惹人翻脸是最没面子的事。后来,朋友做了一个地级市的国土局长,也还是秉承了"怕"的风格:该办的手续他会嘱咐下属及时办理,他担心当事人多跑路;不该批的条子,他坚决顶着,他害怕被上级国土部门点名批评,更害怕一不留神成为阶下囚。

对朋友的"怕",坊间议论不一,有些说他老实、可靠、守规矩,是个好人;有人说他迂腐、呆板,是个傻蛋。我倒是非常赞赏他，我觉得，朋友的为人处事时贯穿着一个概念：敬畏。

人应该知"怕"。孔子说："君子有三畏：畏天命，畏大人，畏圣人之言"。天命，就是老天赐予的命运；大人是指有地位、有号召力的人；圣人之言，自然是指古往今来那些道德高尚的人所发表的种种看法。孔老师主张应该畏（怕）的那些东西到底对不对，我们可以讨论，但他主张人要知所敬畏，则是对的。在现代社会，我觉得人应该"怕"的事物至少有两种：一是应该"怕"道德，也就是那些虽不违法，但明显会被人指脊梁骨的事绝对不能做；二是应该"怕"规则，就是要敬重社会基本的规章制度与法律，用古人的话说，叫"畏法度"。一个人生存于世，干什么都只凭个人性情，一点也不知"怕"，不仅很难赢得他人的正面评价，甚至可能葬送自己一生。

一个人要学会知"怕"，一个国家、民族也是如此。许多民族、国家都出现过苦难、挫折，这些苦难、挫折曾经使那里的人们深受其害，也极大地打断了这些民族、国家的文明进程。有的社会不知"怕"，对过去的苦难、挫折毫不上心；有的社会总是"怕"着，生怕类似的悲剧重演。1845年，一种卵菌登陆爱尔兰岛，使得全岛土豆减少三分之一，灾荒一直持续到1852年。这场大饥荒使爱尔兰人口锐减20%至25%。爱尔兰人没有忘记这场苦难，他们在首都都柏林街头竖起了大型的纪念性雕塑，其中一组饥民的群像栩栩如生，那哭天喊地的表情像在提醒人们历史并未走远。不远处的利菲河上，停泊着"邓布鲁蒂号"帆船，原船1845年建造于魁北克，大饥荒时曾运送大量饥民到新大陆。2001年由肯尼迪基金会出资，按照19世纪的原貌复制了该船，大部分时间停留在港内，供游人参观。在罗斯康芒郡的一座庄园里设有大饥荒博物馆，里面有关于这场饥荒的最完整的收藏。爱尔兰的史学家与文学艺术家更没有忘记这场大饥荒，关于这场饥荒的著作、论文、文艺作品如潮喷涌。生活是公正的，不知"怕"的社会，经常有各种恐怖的非常事件出现；而像爱尔兰这样知"怕"的国家，那些灾难性的意外事件则一次远离它们。

中国人一向讳言"怕"，在一些人看来，说自己"怕"，就等于自己怯懦，其实这完全是误解。一个人知道必要的"怕"，他才可能去做好人、善人、君子；一个国家、民族知道必要的"怕"，它才会将各种社会规则设计，使之成为全体公民的温暖、快乐的命运共同体。

唯一可以带向远方的行囊

人生有两种成功,一种是通过自己的努力成了大官、大富、大名人,拥有操纵他人的资源;一种是虽然没有外在的成功标志,但你的性格有人喜欢、你的操守有人欣赏,换句话说就是,你拥有一颗纯净优雅的心。前一种成功受天时地利人和的限制,获得它们的人不会太多,后一种成功则完全可以由我们自己做主。而心灵就像一棵树,有时难免生出枝枝蔓蔓,要让它保持纯净优雅,我们就必须对它进行修剪。

剪去散漫。一个人固然不应该把生命的弦绷得太紧,否则,能够有弦断之忧,但我们同样不能对什么都不上心。一个人工作、生活过于散漫,必然导致该做的事没有做,从而一事无成。

剪去阴暗。人与人相处,贵在灵魂透明,你的心灵透明了,别人与你相处才有安全感,你才可能赢得他人的信任。如果一个人心理阴暗，事事都想算计别人，你的朋友就会越来越少，自己遇了什么沟沟坎坎也没有人愿意帮你，寂寞、孤独、无助必会成为你生命路上一颗颗巨石。

剪去浮躁。希望自己在生活中顺风顺水，在爱情上花好月圆，在事业上雄视天下都是好事，但你必须学会一步步来，春天只能播种，夏天只能浇水施肥，秋天才能指望有所收获。如果你为了追逐一夜成功，一定要省略奋斗的过程，那么，你的成功肯定是虚飘的，也会在一夜之间失去。

剪去虚荣。俗话说："人活一张脸"，在乎脸面，希望自己在公众中有个好的形象，这是人之常情。只是这种在乎不要太过，太过就变成了虚荣。现在某些人虚荣心极强，写了几十首诗，就敢自称"中国诗坛领军人物"；出了一本画册，就敢声称自己成了"艺术大师"，这样必须让人反感。

剪去媚骨。人活在这个世界上，当然需要良好的人际关系，但人与人的和谐，必须建立在人格平等、彼此尊重的基础上，如果一个人不管别人的品质如何，只知道向其拥有的权力、金钱、名声献媚，我们就有理由怀疑他的操守。原因很简单：人都是有自尊的，某个人挖空心思去巴结另外的人，一定别有所图。

最值得剪去的还是多余的欲望。我们需要有一定的欲望，没有正当的欲望，就没有奋斗的动力，就不会追求人生的灿烂与辉煌。然而，欲望永远是把双刃剑，它可能成就你，也可以轻而易举地毁掉你。过强的色欲，会让我们失去温馨浪漫的爱情；过盛的权欲，会使我们走入吹捧、行贿的陷阱；过旺的钱欲，会让我们坑蒙拐骗、掺杂使假……我们必须练就一双火眼金睛，看清欲望的内核，对它们做出合适的处置。一个人懂得对欲望进行必要的取舍，也就懂得了人生和社会。

心灵是我们唯一可以带向远方的行囊，拥有了一颗经过修剪的纯净优雅的心，我们也就拥有了这个世界的万能通行证。

科学家的另一只翅膀

作为社会的精英人物,不少西方科学家具有非同一般的公共精神。2010年4月,法国数百名气候学家联名发表公开信,批驳前国民教育和科研部长克洛德·阿莱格尔在法国《快报》发表的气候变化"伪命题论"不负责任。2010年9月,英国6名顶尖级科学家发表言论,强烈抗议英国政府削减科学研究财政预算。

与西方科学家在公共事务和社会热点中勇于亮出自己相比,某些中国科学家显得过于冷静。在11月1日召开的第12届中国科协年会上,全国人大常委会副委员长、中国科协主席韩启德特别提到:以自然科学家作为消息来源的报道,在政治性媒体上只占到3.5%,在公共网络论坛上只有3.2%,在新闻媒体上只有13.3%。在全社会为之轰动的奶粉三聚氰胺事件发生时,在公共网络论坛上,自然科学家作为消息来源的竟然为零!韩启德呼吁:我们科技工作者在社会热点、焦点面前，不能选择沉默或逃避，要有不惧流俗的勇气！科学家代表着一个社会的理性精神，如果因为讲真话而挨骂，那恰恰是一个科学工作者的光荣。

我一向非常佩服中国科学家的智慧，我们国家当年想制造原子弹和氢弹，只花了短短一段时间，罗布泊的上空就升起了蘑菇云；后来希望拥有人造卫星，科学家憋着劲狠干几年，卫星一颗颗冲上了天空；最近一些年，神舟飞船进入太空、嫦娥卫星绕月飞行，更是充分展示了中国科学家光彩照人的专业才华。然而，近年来，一些中国科学家似乎只对科研项目有热情，却少有兴趣参与公共事务、关注社会热点。原因很简单，科研项目都是有经费支撑的，做成一个项目就可以弄到一笔提成。得了钱还不算，有了科研成果，还可以评职称、获各种奖励、当官。而参与公共事务、关注社会热点，什么利益都没有，要有，大概也就是写成文字发表在报刊上可以得到一点可怜的稿费。两相对比，哪一项对中国科学家诱惑最大，不是明摆着吗？

参与公共事务、关注社会热点与做科研项目风险程度也大不一样。做科研项目，取得了成果，利益丰厚；没有取得成果，你自己也不会损失什么。而参与公共事务，关注社会热点呢，在事情真相未明之前，你可能挨网民的板砖；在真相大白之后，网民不骂你了，某些受损的利益团体又会骚扰甚至打击报复你。换句话说就是，一个科学家没有公共精神，他的生活也许风平浪静，一旦参与公共事务、关注社会热点，他的日子就可能不再安定。然而，我们一些科学家恰恰忽视了一点：社会是需要理性精神的，一个科学家为了公众利益站出来说话，会对其他人群产生示范作用，一步步促成公民社会的成长。

科学家是以自己在某个专业领域的杰出才华作为谋生的手段的，没有这种才华，他就没有资格享有科学家可以享受的一切；但科学家同时也是社会的一分子，也需要社会提供必要的公共服务，他们有义务有责任参与公共事务、关注社会热点，使我们这个社会变得更加理性、更加善良、更加正义、更加温暖。如果说，专业技能是科学家的一只翅膀的话，公共精神则是他们的另一只翅膀，缺少其中一只，他们就无法在岁月的深处翱翔。

城市的性格

一直喜欢现代感强的城市,我对某座城市的印象好不好,往往取决于城市街道宽不宽、写字楼高不高、公园是否优雅、广场漂不漂亮……爱美是人类的天性,而城市的美是社会美的一种极致。

不只是我一个人喜欢城市外在的美,这几年全国各地到处搞广场、音乐喷泉、人工绿地,从官员这方面看,固然有追求政绩的意思,另一方面其实也与人们崇尚城市外在的美有关。假设广场、音乐喷泉、人工绿地等不能让城市更美丽,官员搞这些政绩工程也会有所顾忌的。

城市如人,外在的美是它的面孔、身材,内在的精神则是它的"性格"。不同的城市有着自己不同的"性格",比如北京的哲学、上海的另类、深圳的多元,但是我觉得城市的"性格"中有一些东西是共通的,失去了它们,城市的品位就会大打折扣。

城市应该公正公平。一个城市建得很漂亮，自然讨人喜欢，然而，如果这种漂亮是建立在对强势者的谄媚和对弱势者的剥夺上，它的漂亮就有些来路不正。优秀的城市应该关注每一个市民的喜怒哀乐，一个社会可以有明显的贫富，人的能力不同，获得的物质待遇自然也有区别，但不能有过分的贵贱之分，至少在基本权利上，人与人应该完全平等。一个势利的城市不是多数人的城市，也不可能得到人们出自内心的热爱。

安全感是城市"性格"的又一个要素。你在一个城市住一天两天，留意的也许只是它的美丽，在一个城市待长了，会特别看重生活的平安。你去广场放风筝，一边望着天空，一边得担心放在上衣口袋里的两百块钱，这风筝不会放得很痛快；你到娱乐城洗脚洗头，突然莫名其妙地被人抓进派出所，说你与某某贩毒集团有关联，你的脚和头洗得再舒爽，心里也像吃了个苍蝇；你好好地走在路上，突然有人向你低价推销彩屏手机，你高高兴兴买了一个，回家一看，却是假的，你可能对购物产生恐惧……城市的安全感讲起来好像虚无缥缈，实际上却联系着我们的衣食住行，影响着对社会、他人的态度。

城市还必须使人快乐。一个优秀的城市应该了解大多数市民需要什么，有针对性地办一些实事。市民遇到了难以克服的困难，城市管理者要做到在第一时间出现在他们面前，成为他们的兄弟姐妹，充当他们的主心骨，激发他们对生活的信心……也许这些事情有些琐碎，但市民的心情往往是由这些鸡毛狗碎的事决定的。市民心情舒畅了，城市才有好的口碑，也才会充满活力。

城市能够同时拥有美丽的外表和让人向往的"性格"，最好不过,当鱼与熊掌不可兼得,我宁愿选择后者。外在的美是可以随着时间而改变的,而让人向往的"性格"却可以长久安抚我们的心灵。

谦虚是一种自省

央视10台《大家》做过一期周年特别节目，对一年来采访过的那些杰出的老人作了一个回顾，特别摘取了主持人采访丁肇中、彭桓武、陈省身等大科学家时的情景。主持人问试验物理大师丁肇中：有人说您是一个少见的天才，您自己怎么看？丁肇中回答：不是。主持人又说：您很有天分，对不对？丁肇中说：不，我只是刻苦而已。主持人采访著名理论物理学家、核物理学家彭桓武，问他：你觉得自己在两弹一星事业中，处于一个什么位置，起过怎样的作用？这位曾获过国家自然科学一等奖、国家科技进步奖特等奖的老人说：我只是其中的一员，中国的两弹一星就像一栋房子，我是大门前那两个石头狮子。节目最后，是主持人采访数学大师陈省身。主持人问：你觉得自己在哪些方面超越了您的老师、几何学大师嘉当，陈省身回答："我，我不超越他。嘉当是超越不了。……

他的数学能力绝对比我高。"

丁肇中、彭桓武、陈省身这些人物都是具有世界影响的。丁肇中曾经发现了J粒子,刚刚四十岁就荣获1976年度诺贝尔物理学奖;彭桓武是中国两弹一星的技术负责人之一,为我国的军事工业做出了卓越的贡献,被称为两弹元勋;陈省身是20世纪世界最杰出的几何学家,他以对高斯·邦尼公式的证明、对纤维丛几何理论的贡献获得沃尔夫奖(被称为数学家的诺贝尔奖),在世界数学界享有盛誉……这些人如果想在电视上炫耀一下自己的天分、成就,大概没有谁会反感,然而,出人意料的是这些可以称得上伟大的人却一个个那么谦虚、平和。

我们习惯于把一个人的谦虚当成美德。一个人有了不凡的成就,在言谈间把自己放得很低,大家就觉得这个人摆正了自己的位置,懂得处理自我与他人的关系,值得我们赞扬。古往今来,歌颂人的谦虚、虚心的文字汗牛充栋,我们的学校教育也特别强调一个人要做到谦虚谨慎、不骄不躁。我们唯独没有想过一个问题:成功者的谦虚是出自做人方面的考虑,还是出于内心对自我的认知?

在我看来,谦虚其实更多的是一种人生的自省。一个人越是知识渊博、才华出众、成就非凡,他的眼界往往越高,对世界无限、人生有限的认识越深刻,他想做的事与能做的事之间的冲突越尖锐,也越能感到自己做的那点事微不足道。因此,在我们看来已经是非常谦虚的行为,在当事者看来,自己不过是说了真话。想起一个笑话。一位学生问老师自己何时可以取得学位,老师说:当你觉得自己无所不知时,可以得到学士学位;当你认为自己有所不知时,能够获得硕士学位;当你感到自己一无所知时,你会被授予博士。这位老师是非常聪明的,他用调侃的方式阐释了一个道理:人对自我缺失的认知与其知识、能力成正比。这大概是伟人大抵谦虚的一个重要原因。

谦虚是一个人认识世界的一种反馈,是我们的生命抵达更高层次的一片钥匙。学会谦虚吧,学会了它,我们也就学会了怎样在漂泊不定的人生之海上撑稳自己前行的船只,学会了如何让生命一步步走近世界的深处。

仗义的玫瑰

台湾作家林海音不仅在创作上非常有成就,大陆一部著名的电影《城南旧事》就是根据她的同名小说集改编的,同时她还是一位优秀的编辑和出版人。她早年在北平编过《世界日报》,后来到台湾编《国语日报》、《联合日报·副刊》,再后来又编《文星》、《纯文学月刊》,主持纯文学出版社。作为编辑和出版人的林海音口碑极好,她最引人注目的性格就是仗义。

在编辑《联合日报.副刊》的时候,林海音从自由来稿中发现了一个叫钟理和的作者,觉得他的文笔不错,思想也有深度,就着意栽培他,钟理和的绝大多数作品都是林海音编发的。不料,钟理和因病英年早逝。得知消息后,林海音写了《悼钟理和先生》一文,发表在次日的报纸上。《联合日报》是一份影响很大的报纸,林海音的文章发表后,读者源源不断地寄来悼文和捐款。林海音废寝忘食地为钟理和编书，请人设计封面，联系印刷。又借款印书，终于赶在钟理和百日祭时将新书摆到了供桌上，满足了钟理和生前的心愿。为纪念钟理和，林海音又多方活动在钟的家乡美浓建立了"钟理和纪念馆"。写到这里，您一定认为林海音跟钟理和交情匪浅吧？错了，钟理和只是林海音的作者之一，他们通过信，却从未谋面。

张昌华的《曾经风雅》讲过这样一个故事。女作家沉樱晚年生活非常贫困，全靠煮字疗饥。实在写不动了，她致信林海音，请林给她出最后一本散文集。林海音痛痛快快地答应了。但沉樱手中没有原稿，文章都是散佚在旧报刊中。林海音不厌其烦，请人搜集整理，又给友人写信征集沉樱早年给朋友的信和照片，合编成《春声集》，抢在沉樱临终之前印了出来。

所谓仗义，就是不惜牺牲自己的利益全力帮助别人。仗义需要悲悯精神。一个人心中只有自己，自己或小家庭过好了，就心安理得地躺在沙发上看电视，这样的人是不会仗义的。唯有心里记挂着别人的疾苦，希望通过自己的努力使周围的人获得美好生活的人，才会去体察别人的心情，理解他人的渴望，也才会在最关键的时候出手相帮。

仗义更需要看轻得失。一个人做好事总想着回报，不叫做好事而叫做生意。真正的善者不会考虑自己这趟好事做下来是亏了还是赚了，他瞩目的只是这件事本身的意义。林海音帮助钟理和与沉樱，从时间、精力、所获得的回报等方面看，她绝对是亏本的。她唯一"赚"的只是自己的心安，只是自己对友谊的执着。

在别人得意的时候，你送他一束硕大的玫瑰，并不代表你有多善良；当别人遭遇难耐的风雪，你哪怕只给别人一朵小小的玫瑰，也足以慰藉其孤独的心灵。仗义其实就是这样一朵风雪中的玫瑰。

"繁华"与"素心"

读有关民国的历史书,你会有一种感觉,那个时候许多文人很快将自己的精神追求当回事儿,为了他们认定的有价值的事业,可以吃糙米饭、住茅草屋、睡门板拼起来的床……在一种难以想象的艰难环境中,他们铸就了一个民族精神上的辉煌。我为此专门写了一本书,叫《不为繁华易素心:民国文人风骨》,表达对这些文人出自内心的敬意。

现在这个时代有些不同,我们不再需要吃糙米饭、住茅草屋、睡门板床,文人们大可享受现代社会带来的种种舒适。比如你不爱吃粗茶淡饭,你不妨天天虫草鲍鱼,只要不浪费,没人敢说你半个字;比如你不愿住狭窄的公寓,你完全可以买一座别墅,想喝水进专门的茶水间,想读书进书房;比如你上班不想坐公交车,觉得那样掉价,你大可以购一辆豪华的私家车,想开到哪里就开到哪里;

比如你不希望自己"平庸",企望出人头地,你完全可以大量谋求各种荣誉,做这个"先进"那个"模范"……一个人的"繁华"只要来路正当,不损害他人的利益,不违反道德和法律,我们就没有权力对他说三道四。

不过,我理解一些人对"繁华"的追求,尊重他们选择的权利,却并不敬仰他们,我真正敬仰的是默默守卫着自己那个世界的"素心"人。在我看来,尊重与敬仰是有区别的,尊重是一种礼貌、一种教养,敬仰是一种发自内心的欣赏和钦佩,是一个灵魂对另一个灵魂的折服。

在世人都纷纷追逐"繁华"的时代,做"素心"人是不容易的。首先,"素心"人得放弃过多的享受欲。一个人品格的纯度、在事业上达到的高度与其物质欲望,往往是成反比的。物欲太强,弄钱的念头太浓,做事就会非常讲功利,特别在乎利益的即时实现,这样,人就很难走向大目标。有心做"素心"人,你就要对物质利益看淡些,有它当然好,无它想得通。其次,做"素心"人必须具备良好的心理素质。人的本质是趋利的,你想做"素心"人,就要有此种准备:在一个时段之内,你周围的人都可能活得比你春风得意,得到更多的物质好处,面对诱惑,你不要"心动",更不可"行动",只能"任凭风浪起,稳坐钓鱼台",靠耐力去获取最后那个闪闪发光的金果。

世界上凡是获得大成功者,几乎都是敢于为"素心"舍弃"繁华"的。爱因斯坦成名后,以色列邀请他参选总统,他坚决拒绝,捍卫了科学的独立价值;蔡元培一生为了自己的理想数次辞官,用行动捍卫自己的大学理念,终成一代教育伟人;胡适为了保留批评政府的权利，不同意蒋介石提名其为总统候选人……对于这些人，"繁华"唾手可得，但他们之所以让人尊敬，并不在于这种获取"繁华"的能力，而在于其对物质利益对荣耀的坚决舍弃。

一个社会应该尊重"繁华"，只有尊重"繁华"，社会才有宽容；一个社会更应该敬仰"素心"，只有敬仰"素心"，社会才有精神品位，我们的世界才会充满人性的温度。

生命的"裸重"

看到过这样一幅漫画。某男子手持一枚公章站在磅秤上,面对自己的巨额体重,满脸得意扬扬,旁边的文字云:"放下你手中的东西,才是你真正的重量。"

我喜欢这幅漫画,它揭示了一个平凡的真理:许多时候,人的所谓重量并不是生命内在的重量,而是包含了许多外在的事物,比如权力、金钱、良好的家庭背景、待遇优厚的单位……人们尊敬你,不是尊敬你生命的重量,而是阿谀你手中的权力、金钱、背景、所享受的良好待遇。一旦你失去这些外在的东西,你会感觉到那些从前像苍蝇一样围绕你的人一个也不见了。

人最需要增加的其实是生命的"裸重"。

生命的"裸重"范围很广,主要是三样东西:良好的操守、卓越的才华、勇敢的创造精神。

人不是一个孤岛，只要活着，你就得跟形形色色的人打交道，要使别人乐于跟你交往，你先得拥有真诚、坦荡、善良、正直等等良好品质，让别人从内心里产生安全感。有朋友说，我宁可跟真小人打交道，也不愿意跟伪君子相处。我问他为什么，他回答：真小人的坏写在脸上，伪君子的坏藏在心中。朋友的话让我明白他并非真的喜欢小人，而是因为觉得真诚、坦荡可贵，觉得安全感特别重要，毕竟人的本性是渴望简单、轻松的。如果我们的品质纯正些，无形中就在他人心中有了重量。

良好的操守可以带来人脉，然而，人脉只是一种氛围，一个人要真正走向远方，得有足够的脚劲，那就是卓越的才华。一个人有没有才华大不一样，有，你可称为人才；没有，你不过是穿衣的架势、吃饭的桶桶。当然，才华并没有一个确定的模式，社会是多向性的，什么人才都需要，我们只要按照自己的兴趣和潜能去培养个人能力就可以了，别人善于写作，你可以长于耕种；别人有发明创造的天才，你可以锻炼自己的营销技巧；别人擅长驾驶宇宙飞船，你可以研究法律……只要你的所长对社会和他人有益，总体上推进了国家的进步，你就是有才华的，你的人生就会有"裸重"。

生命的"裸重"还需要勇敢的创造精神。任何时候守成都是容易的，它最保险，也无须投入多少智力和体力。不过，如果只有守成，个人无法超越，国家、民族不能发展。真正聪明的人会在别人止足的地方执着前行，在泥沙中找金子，在乱石中寻美玉。湖南的农业在很长一段时间默默无闻，不要说全球关注，就是国内的人也不会多瞧一眼，然而，有了杂交水稻，有了草、青、鳙、鲢、四倍体鲫鲤的人工繁殖，湖南也就成了世界瞩目的农业高科技之乡。创造这一奇迹的袁隆平、刘筠院士一方面因为其对国家、民族的贡献得到了世人的尊重，另一方面他们也同时创造了个人生命非同寻常的"裸重"。

外在的重量不是附着在生命内部的，随时可能在岁月里风化，权力可能因为退休而丧失，背景可能因为后台的倒掉或去世而消亡，金钱可能由于投资失误而化水，待遇优厚的单位可能由于社会总体公平的原因而削减福利，唯有以良好的操守、卓越的才华、勇敢的创造精神等等为标志的生命的"裸重"永远不会消亡，时间越久，越能显示出个体的价值，越能得到他人的尊敬。

从某种意义上说，生命的"裸重"才是一个人真正的重量。

有些时间是用来"浪费"的

中国自古就有许多珍惜时间的格言,比如"一寸光阴一寸金,寸金难买寸光阴",比如"时间如白驹过隙,一去不返",比如"少壮不努力,老大徒悲伤"。这些格言都在教导我们珍惜生命的一分一秒,使自己的人生呈示出更大的光华。

珍惜时间当然是对的。一个人纵有惊世之才,倘若他只是热衷于喝酒、跳舞、搓麻将、泡妞,不利用空闲时间用心学习、钻研、工作,也不可能有什么作为。毕竟,人的任何成就都需要投入脑力和体力,而脑力与体力只有在时间的流程中才能积淀为经验、智慧、能力。鲁迅一生很短暂,但文学成就少有人企及,有人说他是天才,鲁迅说:"哪里有天才?我是将别人喝咖啡的工夫都用在工作上的。"鲁迅非常珍惜时间,其他文艺、学术大腕,比如徐悲鸿、朱自清、陈寅恪、华罗庚、曾昭抡这些人,谁不是这样?

然而，珍惜时间决不等于一天二十四小时都待在书房、实验室或工地上，而是必须懂得张弛之道，该抓紧的时候就认认真真做事，该放松的时候就痛痛快快"休假"。

我们一定要留出冥想的时间。一个人能够集中精力读书、实验、创作、设计是好事，俗话说"一心不能二用"，就是说的集中精力的必要，然而，一个人专注于一个事物久了，沿一个方向想问题多了，思维容易僵化，创新想象会遇到心理定式的困扰。在这样的时候，停下手头的工作，泡一杯茶，坐在某间空房子胡思乱想；或者干脆走远一点，来到公园某棵僻远的树下席地而坐，仰读清风俯瞰树影，你的思想会沸腾，你的胸襟会开阔，你习惯的一些想法可能被颠覆，你的生命会变得更具创造的活力。

我们应该保证交流的时间。人生有涯，世界无涯，一个人的知识、阅历再多、才华再卓越也是有限的，如果我们能够经常跟那些有品位的人聊一聊，你会感觉自己走进了一个豁然洞开的世界。外向的朋友能让你感受到热情、浪漫、奔放，内向的朋友能使你领略深沉、执着、含蕴；喜欢行走的朋友可以告诉你新的经历、新的发现，流连书斋的朋友能使你感到学养的厚重和思想的魅力……世界上的礼品千千万万，没有一种礼品比思想交流更低廉、更持久。金子、银子、房子、衣服等等，是需要别人金钱上的损耗作为前提的，就算你接受了，也得时时考虑如何"礼尚往来"。学养、见识、经验这些礼品不同，别人送给你，他并不损失什么，收到他的"礼品"，你也心安理得，不会觉得有何亏欠。

我们必须划出锻炼身体的时间。有句老话叫"身体是革命的本钱"，此话有点意识形态化，但它说清楚了一个意思：没有健康，什么都干不成。人生的成就是靠时间要保障的，有了健康的身体，你脑子想点什么、手头做点什么才没有障碍，你的知识、经验、才华才有个落点，你也才有机会取得事业上的辉煌；没有健康的身体，做一天事就要卧三天床，你就是诺贝尔奖获得者再世，也同样庸庸碌碌。身体健康靠什么？一靠荤素搭配的饮食，二靠身体的锻炼。一个人再忙，哪怕就是上班的时间路上加点速，你也要省出时间跑跑步、打打球、做做仰卧起坐、练练单杠双杠……练得身体棒棒吃嘛嘛香了，做事就有了充沛的精力。

有些时间是用来珍惜的，珍惜了，我们才可能有人生的高度；有些时间是用来"浪费"的，"浪费"了，我们的脑力和体力才能发挥到极致，这样的"浪费"本质上是另一种珍惜。

忘记自己付出的那点"好"

一位开工厂的老同学最近颇有些愤愤不平，15年前，他捐助一万元给一位刚认识的小记者出版作品集，那位小记者现在做了报纸总编，老同学想评国家级劳模，请人写了文章，希望在报上刊登一下，"小记者"总是委婉拒绝。"小记者"后来几次请老同学吃饭，老同学都拒绝了。老同学说：他不愿意看到"小记者"那副虚伪的样子。

我理解老同学的心情，却不认可他的心态。我觉得一个人施善是一回事，能否得到回报是另一回事，何况有时我们渴望的回报别人实施起来未必没有难度。在我看来，一个人真的需要忘记自己对别人付出的那点"好"。

忘记自己对别人付出的那点"好"，首先是为了解放别人。人与人本来是平等的，谁也不比别人多副眼睛、多只嘴巴，你帮了别人一个忙，别人会产生感激之心，生怕辜负了你，如果你在别人不方便的时候非要追讨回报，他的这种诚惶诚恐只会翻倍。"小记者"不是多次想请我的老同学吃饭吗？说明他拒绝我的老同学后，内心非常不安。

忘记自己对别人付出的那点"好"，其实也是为自己。一个人遇到别人渴了给他一瓶水喝，碰上他人摔在地上扶他一把，知道他人陷入经济上的危机资助一下……主观上固然是想帮助别人，但客观上也可以满足自己的道德感。你帮助了别人，别人很开心，你自己也觉得自己的行为特别有意义，这本身就是一种回报。

人永远需要快乐。我们的心情粉红还是黑灰，与期望值相关。一个人付出了善，老是指望回报，你的心情就不可能好到哪里去。别人没有回报你，你会觉得这个人无情无义；别人回报了你，你会考虑这份回报，是否跟你当时的付出相符。就算别人的报恩超过了你最初的付出，你也还会想一个问题：要是没有我，他会如何如何，也还是不会满足。有句话不知是谁说的："将你对别人的好写在沙子上，任凭风雨消除痕迹；将别人对你的好刻在岩石上，日日夜夜永志不忘"。忘了自己对别人的那点"好"，不介意别人是否回报自己，快乐才会溢满你的心田。

忘记自己对别人的那点"好"，也有利于我们提纯人性。指望报答，行善必然缩手缩脚；只按自己的天性去做好事，行善必然大气磅礴。一个小故事很使人感动。20多年前，浙江温州人尤良清去北京推销塑料产品，看到同住一个招待所的年轻人吃得很差，发了恻隐心，临别时掏出400元给那位刚刚毕业的大学生，让他补一补身子。大学生开始说什么也不要，要知道当时这个大学生的月工资只有100元，400元钱不是个小数目，尤良清却坚持将钱留下来。故事的结局自然非常美好：20多年后，那位叫程春的大学生读了研究生，成了软件公司老总，身价过亿，特地跑到浙江感恩，不过我可以肯定：尤良清当初做这一切的时候，不可能想到任何报答。他初遇程春，小青年非常"窝囊"，一点也没有做大老板的迹象，何况在交通不发达的时代，北京与浙江也有点地远山遥。然而，正是由于付出时的不求回报，我们才感受到了尤良清那颗金子一样的爱心。

我这样说自然不是要提倡得到别人帮助的人，心安理得地享受别人的付出，报恩是一种美德，所谓"滴水之恩，当涌泉相报"，说的就是这个意思，我只是希望付出善的人拥有一份平常心。当善无意中得到了回报，它是一种善；当善没有及时或足够得到回报，它一样是善，依然值得我们无怨无悔地去追求。

别在蓓蕾时忧心花朵的枯萎

一朋友为人不错,也有才气,文章、书法、口才都非常好,我们很愿意跟他一起玩,但此君有个毛病,就是忧患心特别强。他在一个效益很好的企业工作,月薪将近四千元,又兼职做律师,一年另外赚个两三万块钱不成问题,却时常为那套150平方的按揭房和正上大学的儿子的学费担心,生怕未来出点什么状况,挣的钱不够花销,整天愁眉苦脸。老婆和朋友无数次开导他,都没起什么作用,现在朋友已有早期忧郁症的迹象。

人生一世,谁也不敢说自己完全没有烦心的事,许多时候,生活就是由一串串大大小小的烦恼组成的,一种烦恼刚刚解决,另一种烦恼又不约而至。纵观文学史上,描写忧愁的作品总比描写欢乐的动人,不是因为作家们在描写欢乐时偷懒,而是由于人的一生忧愁常常比欢乐多,写文章时不自觉地把过往的心绪带了进去。但我觉得，一个人忧患心再强，也不应该为两种事烦恼：一是过去的事，一是未来的事。过去的事已经过去，即使我们所做的事有某种缺失，也只能想些补救的办法，忧虑无济于事；未来的事带有不确定性，一个人纵有天分，也不可能预先看到它的模样。

还是拿我的朋友说事吧！与机关相比，企业的收入受经营业绩的影响，不是特别稳定，效益好时薪水让人眼红，效益坏时工资可能跌到某种让人愤怒的程度，朋友的忧虑表面上有道理，但我的朋友是兼职律师，完全有能力把律师这一块业务做大呀！就算由于种种原因，律师业务不好做，朋友那么聪明，还可以通过别的方式多挣钱。既然一个人的未来可以通过个人努力去改变，我们何必耿耿于现在设想的某种困境？何必在一朵花蓓蕾初绽时就忧心它的枯萎、衰落？退一万步说，即使你的处境真的像事先估计的一样不堪，国家也不会袖手旁观啊！随着社会的不断进步，国家手中掌握的钱的越来越多，自然有能力将钱更多地花到公民的基本生活上。这种困难时的国家救助也会给我们安全感。

仔细想来，一个人是否会对未来产生过多的忧虑心，与他的现实处境、与他拥有的金钱和财富的多少，并不绝对相关，一个乞丐可能为今天多讨了一百块钱手舞足蹈，一个亿万富翁却可能为暂时出现的几千万元经营亏损跳楼自杀，关键是我们必须认识到自己改变困境的能力，体会到快乐对生命的意义。只有这样，我们才能把忧患心控制在一个适当的范围，使它不至于干扰我们正当的工作与生活。香港演员肥肥身体多病、婚姻不幸，但肥肥出现在公众面前时，什么时候都是笑呵呵的，肥肥虽然只活了六十来岁，但她生命的质量却足以让人羡慕。

是的,我们不应该在一朵花蓓蕾初绽时去忧心它的枯萎、衰落,毕竟远离忧郁、享受生活的温馨美好,是人最大的愿望。何况,人生的花跟自然的花大不一样,自然之花灿烂以后必然有衰落的时候,而人生之花只要我们精心呵护却可能绚丽终生,甚至进入永恒的时间和历史。懂得了这些道理,我们就会对明天充满信心,也自然会更加聪明地经营自己的生命这笔父母交付的资产。

自赐的鲜花

在2006年10月29日举行的第23届中国电视金鹰奖颁奖晚会上，著名演员张国立荣获2006年最佳人气男演员奖。颁奖晚会现场，张国立讲了一个动人的故事。

有一次，张国立导演一部影片，下午宣布收工之后，因为工作过于辛苦，他在椅子上睡着了。那天气候有些凉，剧组的演员们没有急于收拾东西，而是主动围起一堵人墙，为他挡着风。说起这事的时候，张国立眼角含着泪花。

我工作忙，没有太多的时间看电影、电视，无法成为张国立的粉丝，对他的艺术成就不是特别了解，然而，张国立的那份感恩之心却深深地打动了我，让我对他生出一份别样的尊敬。

感恩之心就是将别人给予的恩情记在心上，并以适当的方式进行回报的一种心理状态。感恩往往与善良、忠厚、克己相依为命。

一个人心里时刻想着别人，从不奢望从生活中得到格外的好处，现在有人付出了爱意、善心，你自然无法不感动。而自私自利的人则会把别人给予的一切看作理所当然，因此也就不会有什么感恩之举了。

感恩其实不仅仅是对别人的报答，许多时候也是自己给自己一束鲜花。懂得感恩的人心态平和，这是感恩给予我们的第一个礼物。心中有太多的欲望想满足，有太多的功利心想实现，看到好处连背后也要伸出一双手来，一个人的心永远会波涛汹涌，很难真正平和。但感恩的人不同。具有感恩之心的人往往不是欲念最强的，虽然他可能得到过别人没有得到的东西，不过那是奋斗的必然结果，决非他刻意为之。所以，胜了他高兴，败了他不丧气，他的心灵就像高空的云朵，充满着一种出世的逸气。

感恩以善待别人为基础，别人渴了，感恩的人会成为一杯甜润的水；别人冷了，他会变成一件温暖的棉衣，更多的时候还可能把这种善待扩大到没有给过自己恩惠的人，"老吾老以及人之老，幼吾幼以及人之幼"，别人得了你的关爱，自然也想要付出自己的关爱。这样，一个彼此善待的人际圈也就形成了。有了这样的人际圈，一个人的事业也就有了走向高处的可能。还是说张国立吧，他与其他演员合作非常愉快，极少发生负面新闻，而且其作品认同度非常高，出道以来，他获得过第19届大众电影百花奖最佳男演员奖、1996年中国电视金鹰节最佳男演员奖、第四届中国戏剧梅花奖最佳男演员奖、2002年中国电视金鹰节最佳电视剧银奖等诸多重要的奖项，被一些媒体戏称为"获奖专业户"。假若张国立没有感恩心，不懂得善待合作者，他还取得如此高的成就吗？

人不可能孤独地矗立在这个世界上，关心别人，给予别人一点小小的恩德，不会损害你什么利益；怀揣一颗感恩之心，尽力回报别人给予自己的一切，让别人的爱加倍增值，更是有益于生命的远行。我们必须记住一个道理：生活的土壤虽然有肥有瘦，但每一枝感恩的玫瑰都会发出香味。

自卑也是一种力量

看过很多描写一个人应该怎样自信的文章,它们说得非常有道理。我们的生命之所以能拥有某种高度,是因为我们的心灵已经抵达了它,否则,你永远只能是山脚下一棵矮小的狗尾巴草。然而,一般的人很少想到适当的自卑有时也是一种生命的补液,偶尔施用它,我们的事业之花会开放得更艳更美,也更持久。

或许你早已听说过奥地利小说家卡夫卡的故事。卡夫卡出生于布拉格一个犹太商人家庭,他的父亲性情暴躁,而且非常专制,这使卡夫卡从小就形成了敏感多疑、忧郁孤独的性格,他有时不免有点自卑。事业最不顺的时候,他甚至说过"巴尔扎克的手杖上写着'我粉碎了一切困难',我的手杖上写着'一切困难粉碎了我'"这样很绝对的话。不过,卡夫卡没有放任这种自卑,而是一直企图超越自己,他经过商、学过法律,博士毕业后到工人事故保险公司工作，业余专攻文学，终于写出了《变形记》、《城堡》这样优秀的小说，成为西方现代派文学的鼻祖。

拥有一点点自卑之心，对人生多有教益。爱迪生的学业成绩差得让老师想跳楼，为此，老师竟建议家长让他退学，爱迪生也曾自卑过，但他把这种自卑当成动力，最后成了伟大的发明家；普希金当学生时，他的数学一塌糊涂，无论算什么题目，也不管运用的是哪种运算方法，最后他都会让题目的结果等于零，为了自我鼓劲，他选择了写诗，结果成为一代文豪……

自卑的意义首先在于它能促使我们对自我做出一种冷静的剖析。一个人不难走向自信，人天性中就有一种自恋和唯我独尊的基因，这种基团使我们自以为是，听不进别人的好意见。我们真正难以做到的是时刻认识到自己生命的不完善、不完美，而保持一种心境的谦和。自卑是这种谦和的母亲。

自卑对人生还有一重价值：让你变得有所敬畏。人生的很多问题都是因为无所顾忌而起的：贪官之所以把手伸得很长，无非是因为他觉得在那个小圈子里，他可以把一切搞掂；奸商之所以泯灭天良谋利，不过是由于他认为自己有足够的智慧对付国家的政策、法律……这些人的确没有自卑感，然而，没有道理的"自信"却毁了他们。

人生自然不能过于自卑，过分的自卑会打倒一个人的毅力和勇气，使我们自己消灭自己；但也决不可盲目自信，一个人盲目自信容易变得狂妄，自己挡住前进的道路。最理想的是把两者结合起来，用自卑探照自己性格、知识、才华的黑洞，用自信寻找走出迷途的道路。

悲悯是一泓温情的静水

非常喜欢一个词：悲悯，就像喜欢《诗经》里对女人的一种描写"巧笑倩兮，美目盼兮"。在我看来，真正的悲悯其实就是心灵的"巧笑倩兮，美目盼兮"。

所谓悲悯，就是处于优势地位的人对地位不如他的人的一种出自内心的同情、怜悯、帮助，它是一个人的博爱精神的体现。

现在的中国人大都知道文学大师沈从文，却未必知道"湘西王"陈渠珍。其实，在沈从文的成长之路上，陈渠珍功不可没。1922年2月，沈从文来到陈渠珍的部队当兵，先是参加参谋处的文件缮写，后来又做了陈渠珍的书记官，其主要职责是整理陈渠珍的书房，深得陈渠珍的喜欢。年轻的沈从文非常向往外面的世界，不甘心在军营中度过自己的一生。1924年9月，他向陈渠珍提出自己想离开部队另谋发展。陈渠珍虽然舍不得放走这个可爱的部下，但还是痛痛快快地同意了,他对沈从文说:"你到那儿看看,能进什么学校,一年两年可以毕业,这里给你寄钱来。情形不合,这里仍然有你吃饭的地方"。他给沈从文提前发放了三个月的薪水,一共二十七块钱。沈从文怀揣着这笔钱走出了湘西,走向了全国和世界。

陈渠珍当年在湘西绝对是一个人物,他虽然名义上只是陆军34师的师长,实际上湘西的一切都在他的掌控之下,他对一个小士兵的愿望那样看重,并尽心帮助,体现出他的悲悯之心。

大教育家蔡元培也是深具悲悯情怀的。1918年1月,北大学生向校长蔡元培先生写信,反映学校工友何以庄谦逊好学、文理通达,只是因家中贫寒失学,建议他量才录用。蔡元培对此事很重视,经过考察,他发现何以庄确实不错,破格将其调入文科教务处工作。因何以庄的事情,他又想到工友中可能还有类似的情况,于是决定开办工友夜校,并请师生授课。1918年3月18日,蔡元培在北大月刊上发布《校长告白》,宣布了开办工友夜校的决定。4月14日,校役夜校举行了开学典礼,230余位校役着长衣佩花朵走进了大学教室。他对门房老刘说:"一校之中,职工与仆役,同是做工,并无贵贱之别。不过所任有难易,故工资有厚薄之分。像何以庄既然文理精通,我们就量才录用。今后夜校开班后,如再发现人才就再录用。"

民国初年,国人的等级观念依然根深蒂固,身居高位的蔡元培却能处身设地为工友们着想,给他们办实事,无法不让人动情。

悲悯说起来简单,做起来并非易事,它只能来源于那些宽广的胸怀。生活中有一种人,自己有利益,他们会冒着炮火往前冲;自己无利益,他们生怕多付出一滴汗水,这样的人不可能有悲悯情怀。只有像蔡元培那样,懂得"人饥己饥,人溺己溺"的道理的人,才会时时将心比心,视他们的渴望为自己的欲求,也才会认真考虑自己可以为底层的人们做些什么。

悲悯是一泓温情的净水,当所有的上位者都愿意营造这样的净水,我们的社会才会有永远不谢的春色。

竺可桢的"格局"

有人说：民国时代，中国有两个最好的大学校长，一个是北京大学的蔡元培，一个是浙江大学的竺可桢。这两个人都有民主作风，都能做到珍视人才。竺可桢甚至因此被称为"浙大保姆"。

抗战爆发后，浙江大学被迫内迁，学校先到建德后来又迁到广西宜山。任教于这所大学的著名数学家苏步青因担心家属拖累，将妻儿从建德送回老家温州。当浙大再迁到贵州遵义，终于稳定下来时，校长竺可桢建议苏步青将家眷接来。苏步青担心费用不菲，竺可桢当即给了他两千元，并找到当时的浙江省主席朱家骅，请他写一份手谕："沿途军警不得盘查，一律放行"。苏步青的妻子是日本人，竺可桢担心万一在途中被人发现，很可能被中国老百姓打死。有了竺可桢的细心关照，苏步青的妻儿终于平安到达贵州。

竺可桢对国学大师马一浮的礼遇更被传为佳话。马一浮为人孤傲耿介，蔡元培做北京大学校长时，曾多次礼聘他，被其拒绝；蒋介石邀请他到南京谈话，他当作耳边风；浙江大学也曾约他来任教，亦未成功。后来由于日寇不断进攻，马一浮生存环境急剧恶化，他于1938年写信给当时在江西的浙大校长竺可桢，委婉表达了想来浙江大学任教的心愿。竺可桢不计前嫌，将其聘为"国学讲座"（原文如此——游注）。浙大给他安排了当地最好的房子，而且不要求他跟其他教授一样讲课，只需每周给全校师生开两三次讲座，另外，单独给一些资质很高的学生指导一两次就行。当时浙江大学只有两辆黄包车，却为马一浮随时待命，假若路途远一点，校长的汽车可随时为之服务。

竺可桢不仅能做到无微不至地关心、尊重教师，还能充分包容那些反对自己的人。政治学教授费巩很有才华，某段时间对竺可桢非常不满，开教务会时，冷嘲热讽："我们的竺校长是学气象的，只会看天，不会看人。"竺可桢微笑不语。后来，学校需要提拔一名训导长，竺可桢不顾民国政府"只有党员才能担任训导长"的规定，认为费巩"资格极好，于学问、道德、才能为学生钦仰而能教课"，坚持让其做训导长。

物理学家束星北有水浒气，非常仗义，但脾气暴躁。浙江大学因战争西迁，他对竺可桢的一些做法很不满意，跟在这名校长后面一路叽叽咕咕，竺可桢也总是一笑置之。竺可桢虽不欣赏束星北的性格，与他没有多少私交，却力排众议，将他聘为教授，并多次保护他。

竺可桢如此善待学者，原因很多，比如当时正是抗战最艰苦的时候，为国家教育人才，是竺可桢的重要信念，而要培养杰出的人才，首先就必须有优秀的师资；再比如，竺可桢自己是杰出的气象学家，他懂得知识对社会的重要性，而知识往往是杰出学者创造的，不过，最根本的还在于竺可桢有一种做人的大格局。正是这种大格局，使他做出了一般人不想做、不敢做的事。

所谓格局本意原指艺术或机械的图案或形态。引申到做人上，指的是一个人的眼界、胸怀、气度。一个人有没有格局，为人处事大不一样。没有格局，做事只想到个人或小团体的利益，我们就会以邻为壑，觉得善待别人是委屈甚至损害了自己。有了格局，我们会意识到自己对社会、对国家担负的责任，我们为人处事就会经常想一想：自己的所作所为是否对得起社会的嘱托，是否没有违自己内心的良知。而时间长着一双睿智的眼睛，它最终一定会分清是非：通过等级、强制力制造尊严感的人，呈现在历史上的面目总是非常猥琐；尽心尽意为社会与他人服务，力求上不怍于天下不愧于心的人，得到的是精神生命的永恒。就像竺可桢，他当年那么礼遇费巩、束星北、苏步青、马一浮，人们并不会认为这个人无能，而会认为他特别像高山、海洋一样大气，值得后世的人深切怀念。

做人的格局，许多时候决定了一个人生命的格局。

用时间熬出最浓的香

家里购了一个新电压力锅,煮饭的选择有三种,一是清香,二是标准,三是浓香。我用这三个设置都煮过饭,结果发现:香味是依次递进的,即"标准"大于"清香","浓香"大于"标准",而它们花的时间也是越来越多,用"清香"档煮饭费时20分钟,用"标准"档增至25分钟,用"浓香"档则需要30分钟。我突然产生一种认知:米饭的香味原来是时间熬出来的。

记得《飘》吧,它是美国女作家玛格丽特·米切尔一生唯一的作品,小说以亚特兰大以及附近的一个种植园为背景,以斯佳丽与白瑞德的爱情纠缠为主线,描绘了内战前后美国南方人的生活,比如他们的习俗礼仪、言行举止、政治态度、爱情观念,塑造了斯佳丽、白瑞德、艾希礼、梅勒妮等动人的形象。此书1936年问世后,被翻译成29种文字,迄今已销售3000万册。1937年,《飘》获得普利策奖。由它改编的电影《乱世佳人》1939年12月15日在亚特兰大首映,引起轰动,很快风靡全球。《飘》之所以写得这样成功,就是因为米切尔舍得用半生的时间去熬出小说的香味。

是的,最浓的香是需要漫长的时间去熬的。你想做惊世的学问,好的,你应该静下心来好好读书,用心思考,绝不要老想着读了七八、十来本书,就得写多少篇论文、弄出多少部专著、申报多少个课题。你应该相信一点:深入地钻研下去,你才知道别人的研究好在哪里、不好在哪里,知识与知识之间的联系在哪里,留给你研究的空间在哪里。默默无闻地坚持十年、二十年,即使你没有成为第二个陈寅恪,做个在国内有影响的学者一点问题也没有。你希望做个优秀的商人,挺好,但你不要坑蒙拐骗,不要官商勾结,不要钻政策与法律的空子,而要认认真真去研究生意,需要技术创新就要舍得投钱、请人,需要灵活的经营手段,就要多动点脑筋。踏踏实实做上那么三年、五年,我相信你的生意肯定会上大台阶。你梦想做个杰出的官员,值得赞赏,但你不要一味地大拆大建,更不能只要金山、银山,无视绿水、青山,你得尊重事物内在的规律,要一步一个脚印地推进建设项目。有的项目不是一年两年可以见成效的,它需要通过相当长的时间去显示,这个时候你一定要耐得住寂寞,一定要将民众的福祉置于一己的升迁之上。

人活在世上,难免有得失之心,也难免有趋利避害的念头,我们如果真的想让生命有些后劲,成就让人仰视的大事业,我们又必须克服浮躁,抑制一时的得失之念。电压力锅煮的饭时间短了不那么馨香,我们做的事花的精力不够,付出的心血不足,其结果肯定也是不如人意的。这个世界有些事也许不那么公平,但至少有一点是公平的：真正的付出不会没有回报，即使暂时没有，将来也一定会有。

我们也应该丢弃些攀比心态。有的人做事是求短平快的，他们知道屋门前的棉花可以纺线，却不知道远方的羊绒更能御寒，假若我们老是跟这样的人比得到，那么，你就迈不开走向明天的步伐。陈寅恪在西方游学十年，连个学士学位都没有，当时在西方获得人文学科博士学位的人不知凡几，但后来的学术成就却无人出陈之右。如果陈寅恪当年只想着博士帽的辉煌，也像某些人一样唯学位是追，不懂得用时光慢慢去熬学问的香味，还能成为民国时代首屈一指的史学大师吗？

愿不愿意用时间去熬出生命的香味，实际上也是一个人是否有大境界、大格局的一种标志。

蔡元培的"绝招"

1916年,23岁的梁漱溟将自己所写的一本哲学书送给蔡元培,希望换取来北京大学读书的机会。某次,两人见面,蔡元培不等梁漱溟发问,主动说:"你的大作《究元决疑论》我拜读过了,有胆识,有立论,见解独到。我这次到北大当校长,首要的任务是广罗人才。我想你可以到北大来教授印度哲学。"梁漱溟自然不敢答应,论学历,他只有中学;论学问,近几年他才自学佛学,对印度哲学未有多少见识。但蔡元培执意相邀,梁漱溟于是答应到时再讨论这个问题。几天后,梁漱溟应约又来到北大校长室,再次说出了自己的担心,蔡元培听罢笑着说:"我上次已讲过,你固然不甚懂得印度哲学,但我也没有发现旁的人比你更精通,而我要真正办好北大哲学系,印度哲学这门课又非开不可。你的文章使我认定你是一个搞哲学的人才,你不妨大胆地干吧!……你说对印度哲学所知有限,那就不当作老师来教人,只当是来研究,来学习,来深造好了!"蔡先生的一席话深深地打动了梁漱溟,他高高兴兴地接受了北大哲学系讲师的教职。也许是因为害怕愧对蔡元培的信任吧,梁漱溟在工作中非常努力,三年后写出了20万字的《印度哲学概论》,成为印度哲学方面的知名学者。

同样的故事也发生在陈独秀身上。蔡元培执掌北京大学后,总想找个得力的文科学长,将人文学科带起来。他看中了陈独秀,一是因为陈独秀发表在《新青年》上的文章汪洋恣肆、观念独到、才华横溢,使蔡元培觉得此人有真学问;二是陈独秀写的《今日教育之方针》,让蔡元培感到陈独秀对教育有理解。然而,陈独秀是一介白丁,既没有学位头衔,也从无在大学任教的履历。为了说服教育部,一向真诚的蔡元培只好做了一回假,为陈独秀编造了"东京日本大学毕业"的假学历和"曾任芜湖安徽公学教务长、安徽高等学校校长"的假履历。陈独秀没有辜负蔡元培的期望,他任文学学长期间,极力实践蔡元培"思想自由,兼容并包"的理念,使北大人文学科大放异彩。

1917年,留美学生胡适在《新青年》上发表了《文学改良刍议》,旗帜鲜明地要求"改良文学",并提出了终极目标:须言之有物;不模仿古人;须讲究文法;不作无病之呻吟;务去俗套滥语;不用典;不讲对仗;不避俗字俗语。蔡元培注意到了这篇文章,对胡适非常欣赏。托陈独秀写信给胡适,邀请其来北大任职或任教,陈独秀的信中这样说:"子民先生盼足下早日回国,即不愿任学长,校中哲学、文学教授俱乏上选,足下来此亦可担任。"收到陈独秀的信,同是性情中人的胡适放弃了马上就可以进行的论文答辩,来到北大,以至10年后才获取哥伦比亚大学的博士学位。

梁漱溟、陈独秀、胡适后来都是牛皮兮兮的学界人物,被人称为这个那个大师,然而,他们最初进北大的时候,基本上属于"草芥"一类。然而,蔡元培却冲破一切条条框框,唯才是举,硬是让这几个人一步步变成了北大的名师。

蔡元培能识英雄于草芥,首先源于他的使命感。蔡元培进北大之前,该校是典型的老爷学校,学生不在乎读多少书、长多少德智,只在乎谋取一个做官的资格,他们带着听差,拥着美女,招摇过市。同学相交,也是看家庭背景,目的是希望以后在官场上相互有个关照。蔡元培既然想彻底改造这所学校,自然会千方百计去访求各类有真才实学的人,而有真才实学的人未必就有相应的学历、资历。在本事与资格之间,蔡元培毅然选择了前者。

俗话说:"廉生明,公生威",蔡元培办事有个特点,就是将公字永远摆在第一位,从不谋取不道德、不合法的私利。就拿他引进的这三个人来说吧,陈独秀算是旧部,曾参加过他组织的针对晚清高官的暗杀团,但蔡元培任命陈独秀为文科学长,考虑的不是这层关系,而是其办《新青年》的影响和沈尹默、汤尔和的推荐。梁漱溟、胡适跟蔡元培没有故交,蔡元培邀请他们出任教职,是由于北大在某些学科上缺少相应的教学人才,蔡元培觉得两人堪当大任。他的公心消除了某些有学历、有资望者的负面观感,为破格用人清除了路障。

做领导大抵都知道人才的重要,蔡元培比一般高校领导真正高明的地方在于:他不是一般性地延揽人才,而是识英雄于草芥,将潜在的牛人挖掘出来,并给他们一片播种、开花、结果的土地,让他们自由地成长。一般领导只能做到顺时势,而蔡元培在顺时势的同时,还能知人心!他深深地明白,人心才是一所大学最好的资源。

善待勇敢

一天，前美国海军总司令麦肯锡将军去探望他的军校同学马歇尔将军，马歇尔此时已是陆军总司令。麦肯锡来到陆军营地时，马歇尔热情地接待了他，并且邀请他在营地里散步和视察。麦肯锡问起陆军的训练情况，马歇尔对自己的士兵给予了充分肯定，认为他们都是非常优秀的军人。

"那就最好了，"麦肯锡微笑着说，"你知道我的海军一直被公认为是全世界最勇敢的部队。我希望你的陆军也一样。"马歇尔当然不甘示弱，表示他的部队也是全世界最勇敢的。麦肯锡就问他有没有办法证实一下。

"有，"马歇尔满怀信心地回答。他随便喊住一个路过的士兵，指着不远处一辆开动的坦克命令道："你给我过去，用身体拦住那辆坦克！""你疯了吗？"士兵大叫，"我才不那么傻呢。"

说完就撒腿跑开了。

马歇尔满意地对他的老同学说:"看见吧,只有最勇敢的士兵才会这样同将军说话。"

那位不知名的士兵无疑是勇敢的,他的勇敢表现在敢于抗拒来自强权的不合理的命令。世界上有两种勇敢,一种是服从的勇敢。这种勇敢的特征是对待上级布置的任务,哪怕是闯地雷上火山,也要不折不扣地完成,这是一种小勇敢。还有一种勇敢是建立在个人对事物的准确判断之上,它以服从真理而不是服从权力为己任,比起前者,这种勇敢更需要一种精神的支撑,更需要一种不惧牺牲的胆量。那位士兵值得我们尊敬。

我更尊敬马歇尔,他能够抛开个人的得失,善待别人的大勇敢,正是他开创的这种尊重军人人格、个性的精神,使美国军队成为当今世界最有战争力的军队之一。

善待别人的大勇敢是不容易的。它要有识人的智慧。一个聪明的将军,或者更广泛地说,一个聪明的领导者要分清部下顶撞自己是不是正确,首先需要一种时刻给自己照显微镜的能力。只有照了显微镜,他才会认真思考自己所说的话、所做的事合不合乎客观实际,从而冷静地对待别人的顶撞,并且从顶撞的岩石中发现真理的鲜花。

善待别人的大勇敢需要一种胸襟。服从的勇敢总是能得到施令者的掌声的,一个人说了话有人服从是权力、威望的象征,是成功的标志,谁会拒绝这种荣耀呢?但善待别人的大勇敢就不是每个人能够做到的了。有那么一种人,他们其实也不是不明白大勇敢对一个社会的好处,但是他们不像马歇尔一样能放下自己的恩恩怨怨,只看重大局的利益，而是斤斤计较自己被别人的大勇敢"损害"的那一点权威，耿耿于自以为是的意志因此不能变成别人的脚步，他们总是千方百计"谋杀"别人的大勇敢，以别人人格的被亵渎、尊严的被践踏作为权力的润滑剂。

善待别人的大勇敢还要有远见。小勇敢培养的是奴仆，是战争的炮灰，大勇敢培养的是有独立精神的人，有胆识的真正的战士。前者适应力的肉搏，后者适应智的格斗。一个善于引导大勇敢的领导者一定是一个真正的战略家，他们不计一时一地的得失，而着重于一种大的利益、大的发展。生活永远是公正的，它以山呼海啸也挡不住的规则，证明了注目大勇敢的人的聪明。

一个人拥有大勇敢是一种幸运，一个人能善待别人的大勇敢则是一种高尚、一种高踞雄峰的境界。

你穷的并不是尊严

她创建的仁爱会拥有四亿多美元的资产,世界上最有钱的公司都乐意捐款给她,她的手下有七千多名正式成员,还有数量可观的追随者和义务工作者活跃在一百多个国家;她受到众多的国王、总统、传媒巨头和企业家的由衷尊敬。

她把自己的一生无条件地献给了穷人、病人、流浪者和临终者,她可以支配的金钱很多,光是后来获得的诺贝尔奖的奖金就是一个庞大的数字,但她留给自己的东西极少:她住的地方,唯一的电器是一部电话;她穿的衣服一共只有三套,而且自己换洗;她只穿凉鞋,没有袜子……她与一般慈善家一个本质的区别是:她不仅为穷人和孤寡者提供衣食住房,对他们进行医疗帮助,还要让他们感到自己活得有尊严,觉得自己正在被人爱着。她长期扎进贫民窟、难民营和传染病人中,为穷人提供各种物质之外的帮助。她说：“除了贫穷和饥饿，世界上最大的问题是孤独和冷漠……孤独也是一种饥饿，是期待温暖爱心的饥饿。”

她就是"贫民窟的圣人"、1979年获得了"诺贝尔和平奖"的特蕾莎修女。

特雷莎修女的特别令人尊敬之处不在于她从物质上如何帮助了穷人，世界上有那么多慈善机构，这些机构每天都在用各种方式解决穷人的生存问题，与这些机构相比，特雷莎并不是怎样出类拔萃，特雷莎真正可贵的一个地方是她注重对穷人的精神扶贫，始终相信穷人也是有尊严的。

是的，穷人没有钱，没有锦衣玉食，没有社会地位，并不是没有尊严。任何一个人都可以有自己的尊严，尊严是一个人为了维护自己的形象所设置的自我保护范围，这个范围是不能被人染指的。人生一世，什么样的挫折都可能遇到，一个人要完全摆脱贫穷、饥饿、病痛等等东西的伤害非常困难。然而，无论在什么样的环境中，我们都可以做到一点，那就是让自己活得高贵，活得自重，活得铁骨铮铮，因为尊严与金钱、地位、健康等等无关。

尊严是我们生命的血液，没有它，我们的生命就毫无价值。一个人物质上贫困，不一定成为别人轻视你的理由，物质的富有或贫困，很多时候由不得你自己去选择，但没有尊严注定会被人看低，人有没有尊严，更多的是自己选择的结果。

一个人要活得有尊严，不是一件容易的事。第一，你要有一种崇尚淡泊的精神。对别人拥有的享乐不眼红、不嫉妒，个人的欲望越少，心灵流失的东西就越少，你也就越能确保自己的生命品位。世界上有那么一种人，他们为了某种世俗利益，心甘情愿地践踏自己的灵魂，比如为了当官，不惜拍马溜须；为了出名，不怕失掉贞操……这种人绝对得不到别人的尊敬。

第二，你要有走出物质贫穷的信心。一个人让自己忍受一时的贫穷是容易的，难就难在使自己忍受一辈子的贫穷。人生有那么多变数，谁又能担保自己为人处事的准则，几十年不发生改变？我们必须想方设法走出低谷，抵达美满和幸福。

世界上有特蕾莎这样的人发现、呵护你的尊严无疑是幸运的，但更主要的还在于你本人要有展示和保卫自己尊严的勇气，保持和发展自己尊严的能力。这道理很简单，火可以煮沸锅里的水，但这锅里首先要有水才行。如果一个人总是把自己置于行尸走肉的位置，特蕾莎也好，别的什么莎也罢，都注定救不了你。

第二辑 自然，不离不弃的玩伴

任何一种生命都无须依照另一种生物的喜恶生活，这正是大自然的哲学。

入侵者

你闯进体育馆,在大厅的上空飞来飞去,一会儿在低处盘桓,一会儿在高处翱翔。你发现头顶有光,但不是太阳、月亮;脚下有地,但不是原野或者广场。那些黑黝黝的直立物也不是树木或电线杆,而是你平时有些害怕的一个称谓:人。

你非常清楚,今夜自己是一个入侵者。

体育馆的舞台发出着种种悦耳的声音,你不知道这是音乐;舞台上的帅哥靓妹在做着各种好看的动作,你不明白这是舞蹈。你只是觉得奇怪,今夜怎么有那么多人眼睛紧紧盯着舞台,而没有谁向你吹响口哨抑或举起猎枪。在一个陌生的地方,你第一次产生了安全感。

你已经记不清自己的故乡在哪里。只知道那里有高高的稻草堆,有昼夜不息的清澈的河流,有大片大片开着红紫花朵的草地,有一望无际的茂密的树木，有高高耸立的山冈，有蔚蓝而辽阔的天空。那里的早晨是带着晶亮的露珠的，那里的夜晚有星光、萤火虫和蛙鸣。但你记得入侵体育馆之前的生活：大量的甲壳虫似的汽车，漂满了废饭盒、矿泉水瓶、编织袋的市内河流，发出大量噪音的广场，排列得像参加演出的孩子一样的行道树，硬得像石头一样的水泥地……你一次次寻找着自己的童年，可是飞向郊区，没有；飞到比郊区更远的地方，依然没有；而现在更是困在一个小小的体育馆里，不知哪里是出口。

其实，你与人究竟谁是入侵者，有时真有些说不清。依眼下而言，你当然是入侵者，在体育场的上空窜来窜去，会影响人观赏文艺节目的心情；你有时会兴奋得发出尖叫，会妨碍人聚精会神地倾听。但出了这个门，你又觉得人是入侵者，他们在平地建起钢筋水泥的房子，使你一次次失去赖以栖身的草地；他们在田野竖起高耸入云的烟囱，使你不断丧失去透亮的蓝天与洁净的水源。你甚至在想，人与鸟能不能分开居住呢？属于人的地方，鸟不去占一分一毫；属于鸟的地方，人也不要乱修广场、乱建工厂，但人做事似乎不习惯跟鸟们商量，不，更准确地说，他们是不习惯于跟他们赖以生存的地球商量，他们更习惯的是我行我素，他们需要GDP、需要香车宝马，需要金钱代表的所谓成功，需要打败自然的霸气。

在体育馆的上空，你不倦地飞着，飞翔意味着寻找，你相信，无论过程多么艰辛，这个世界终究会存在一个出口。

悠悠草香

下了课想去学校图书馆静静读会儿报,走到海园广场的时候,突然闻到一股浓烈的草香,有点儿涩,更有一种田间地头开春季节湿湿的温馨。我知道这是校工在用剪草机修剪广场的人工草坪,草香正是新割的草儿发出的。

我供职的是一所南方的大学,像众多的南国院校一样,学校非常重视绿化,大路旁、教工小区的空地到处是茂密的樟树、云杉、法国梧桐、蜡树、樱花、花桃、银杏,但草地并不多。学校的草地全部是人工的,经常要剪草、喷水,挺麻烦,不像栽树,种下了、成活了,也就不用管了。闻到草香似乎也不是特别容易。

校门之外更是难以遇到草香。走在这座城市宽阔的大街上,我们可以闻到如同烧了塑料的汽车尾气的恶臭,可以嗅到灰尘腾起时那种陈化粮般的陈味、霉味,可以感受到年轻女孩走过时散发的化妆品的清香，可以感觉出农贸市场里草鱼、猪肉发出的腥气，却极少有可能与绿草迎面相逢。现在的城市硬化得太厉害了，长长的十多、二十公里的一条大街，除了几排行道树和绿化带里的一点灌木，几乎没有什么绿色，不要说草味，就是黄土味儿都闻不到。城市的公园里自然也有些绿草，但数量同样很少，并且也是人工的，铺得一样密，长得一样深，给人一种不真实的感觉，就像圣诞节时商店门口那些塑料树。

考上大学之前，我曾经有过18年与草香朝夕为伴的生活。那时候老家与水泥相关的东西只有屋前一块用来晒稻谷的地坪，其余的全部是黄土地。说黄土地，其实是不确切的。我的老家位于江南，降雨量相对充沛，没种农作物的地方，比如田埂、塘坝、乡村小路、山坡，都长满了野草，很少见裸露的黄土。乡村的草儿品种特别丰富，我记得的就有黄丝毛草、紫云英、雷公草、野蒿、野苎麻、金银花藤、狗尾巴草、野菊花、牵牛……它们开花的季节有的在春天，有的在夏天，有的在秋天，红的像血，白的像冰，黄的像金，绚丽至极。野草的香味常常伴着鲜花的香味，钻进你的鼻孔，吸一口，连血都像是洗过一样，非常舒服。小时候我最喜欢做的事是，躺在洒满阳光的春天的草地上，看天上的云朵。那些云非常善解人意，它们时而像一只羊，时而像一座山，时而像一片海，时而像一个美人，让我读得兴趣盎然、浮想联翩，它们似乎是个旅行家，总是飘呀飘的，没有半分钟停留。我一直怀疑我后来走上文学之路，与老家的草地和草地发出的那些清新的香味有关，与草地上空那些飘逸的云朵有关。

我不禁想，我们的城市、我们的单位可不可以给野草留一片空间呢？城市和单位院落确实需要一定的硬化，比如出行的道路、集会的广场、室外篮球场，但那些相对闲置的地方，例如大街上的绿化带、楼房之间的空地、城市的各种公园，是否一定要植上灌木、盖上水泥、种上昂贵的不许践踏的人工草？假若我们放开思路，让野草毫无顾忌地闯入城市，孩子会多些认识花鸟草木的机会，成年人会多些走进大自然的随意，像我这样的散淡者可以像当年在岳麓山读大学一样，于草坪、树底寻些读书的地方，这对人的性情是一种熏陶，对人的创造力是一种养育。当人与大自然的花花草草随时可以亲密接触，我们天性中的善良才可以勃发。

对于日渐物化的城市，大自然的草香其实是它内在精神的一部分。

长石的秋天

秋天,你不要老是待在城市,最好去乡下走走。

城市的秋永远是停滞的,不等到西风刮面,落叶积满人行道,你还意识不到秋的到来;但乡村的秋却是鲜活的,深秋的西风和落叶固然会提醒我们季节的变换,就是清清淡淡的初秋,你也能感到秋意逼人。

我就是在初秋跟着一群记者走进了位于湖南中部的新化县水车镇长石村,这个村子是著名的紫鹊界景区一个重要的组成部分。

一下面包车,首先吸引我的是村口峡谷里那一脉溪水。峡谷两岸如刀砍斧削,陡峭极了。河水清澈得很,像是被什么机器滤过了似的,不见一丝杂质,水底的鱼虾清晰得似乎能看见它们的肺腑。蹲下身子捧一口溪水入口,比白糖还甜润。跟一般的溪流不同,这条小溪的河床全是白底灰点的花岗石,少有凌乱的散石。溪水急急地流着，虽然不再像夏季一样丰盈，却别有一种苗条少女的韵致。长石村地势落差大，小溪也随即变幻成姿态各异的瀑布，有的像一匹布一样平平地摊开，落下去溅出一串串白色的珍珠；有的集聚成一条咆哮的巨龙，在下面的河床冲出一个洗衣盘大的漩涡，并且发出塌石般的声音。

溪流边是茂密的森林，是一望无际的群山。山上绿草如茵，菊花遍地，几头黄牛悠闲地吃着草儿，那不疾不徐的样子，使人想起河边垂钓的隐士，或深山修行的教徒。也难怪牛们这样慢条斯理，如此大一片群山，村里的人家却很有限，牛的数量自然也不会多到哪里去，不要说吃完周围这几十座大山所长的牧草，就是吃完眼前这一座小山，也够它们忙的。何况，现在是秋季，不像春季和夏季经常要背犁，牛们有的是时间在野外放松自己。

如紫鹊界其他地方一样，长石的秋天最美的还是梯田。长石村没有水塘水库，也没有灌溉用的大沟小渠，山上到处是星星点点的泉水，只需在田塍上的任何处挖个缺口，或安一段竹筒，水便由上往下，从一丘流到另一丘。即使某个地方没有泉水冒出，也只需沿梯田内侧，用田泥堵成一条通道，水便会顺着通道流到需要的地方。正因为如此，长石的梯田显得特别整齐。长石村的地形很像一个无比庞大的铁锅，越往上走开口越大。每到九月底，田里的稻谷熟了，微风一吹处处闪着金灿灿的光芒，而这金光又成片成块、一望无际，自然极其耀眼。梯田中间偶有用木板和大树建筑的民居，农民又喜欢在房前屋后种点楠竹、杉树、银杏，多则上百棵，少则二三十棵，更增添了梯田的神韵。金黄的稻田，浅绿的野草、菜地，深绿的竹树，黑色的板房，远方连绵的山脉，再加上蓝天白云，真的妩媚至极。将秋天的长石比作什么好呢？说它像诗，它分明比诗更空灵；说它如画，它其实比画更丰富；说它是仙境，仙境往往缥缥缈缈，长石却实实在在立于人间。还是用一个俗不可耐的比喻吧，它对于男人，是世界上最美最美的那个女人；它对于女人，则是世界上最帅最帅的那个男人。

走在长石弯弯曲曲的山路旁，我总在想，以中国之大，让我们怦然心动的乡村风光肯定不在少数，但在如今这个浮躁的时代，一些人热衷于制造各种人工"美景"，又有多少人去用心发现乡村的妩媚，感受生活中那些原始的诗意呢？

又见秋草白

世界上先有人还是先有草,真的是个问题,不过,有一点可以肯定,草的历史与人的历史同样古老。草是贱物,只要一星星泥土、一点点水分就可生长,哪怕这泥土只是悬崖上的细沙,哪怕这水分只是空气中的潮润。

我一直将野草视作我的朋友。小时候在农村,屋前是稻田,屋后是土山,前前后后都是草,山里有狗尾巴花,有巴里麻,有马齿苋,田埂上有车前草,有野苎麻,有黄丝茅,春天是一望的绿与红,秋天是满眼的褐与黄。当然偶尔也可见冬茅草,这种草一般长在田埂旁,叶子像剑一样直硬而又细长,叶缘有尖尖细细的锯齿,最容易将手指割伤,那时节无论扯猪草还是割牛草,我们都会远离它。但我喜欢冬茅草秋天的样子,它的花白白的,这种白会让我想起棉花、蚕茧、海浪、苇花等一些事物,内心会不觉间生出许多天马行空的念头。

长大后进了岳麓山下一所红墙绿瓦的大学,大学里有个樟园,樟树密密麻麻的,颇有点大公园的范儿,树下有牵牛花、蒲公英,还有老家习见的月季之类,但没有冬茅草。不过,岳麓山的山顶是有的,只是岳麓山顶上有云麓宫,游人极多,冬茅草也同样是些散兵游勇,不可能形成规模。

再后来的我住在高高的电梯房里,从十七楼的窗口望出去,能看到远处的高楼,窥见蔚蓝的天空,眺望城市之外隐约的山峦,却很难看到植物。当然如果我愿意俯下身子,眼光向下,小区的绿化地里是有植物的,不过这些植物多半是些映山红、月季、茶花之类的灌木与银杏、樱花、樟树、杜英之类的乔木,不要说冬茅草,就是在校园其他地方随处可见的人工草也没有。其实,就算灌木丛中生出了什么野草,工人也会在第一时间拔掉,野草没有可能成为风景。谁敢放任它呢?工人之上有物业公司,物业公司之上有业委会,业委会之上还有业主代表大会,大家头上都勒着一道职责的紧箍咒。

然而,或许是命定与冬茅草有缘,这一个秋天,我终于获得了一个痛痛快快地拥抱冬茅草的机会。

拥抱的地点是我念之望之的龙山。龙山是国家森林公园,位于湖南涟源东南部,总面积达9286公顷,最高峰岳坪峰海拔1513.6米,是湖南乃至全国唯一一处集优良的生态环境、独特的湿地景观、神秘的医药文化和惊险的峡谷漂流于一体的旅游胜地。这里高峰奇耸、溪水潺潺,动植物资源极其丰富,有包括冬茅草在内的植物1672种,国家保护植物就有银杏、珙桐、鹅掌楸、金钱松等12

种，珍稀野生动物有虎纹蛙、穿山甲、松雀鹰等十余种，让你恨不得在山里建一个小木屋，与那些可爱的动植物同赏日出共观日落。唐代孙思邈为研究药方、撰写医书，曾踏遍48面龙山，最后著成医学巨著《千金方》，此书载有药物800多种、药方5300多个。唐代末年，为纪念这位杰出的医学大师，一些僧俗人士在岳坪峰顶修建了药王殿。从此，龙山作为药王之山的盛名传遍天下。

我们一行人是早晨8点开始爬山的，龙山的路陡峻得很，每上一级台阶，似乎都要使出每一个细胞潜藏的力气，爬完一段路，还得在石头上短暂休息一阵，给疲惫的双腿放放假。或许是怜惜我们远道而来，希望给我们一个惊喜吧，龙山总是不断变换着身上的衣裳：在山底，它穿着绿色的松杉竹栗；在山腰，它的衣裳变成了绯红的枫树、深黄的银杏；到了临近山顶的地方，它的衣裳则是深紫的野生紫苏、金黄的野菊花；在岳坪峰，它穿的是我望眼欲穿的冬茅草。岳坪峰是一个方圆数亩的大平顶，顶上的冬茅草一望无际。那雪白的、细丝般的花絮，捏一下，柔柔的、滑滑的，能叫人爱到心肝深处。草没人头，又极茂密，人站在草中，就像隐在一片野游的白云里。看着这一片漫天的秋草，我突然想起一首古诗："敕勒川，阴山下，山似穹庐，笼盖四野，天苍苍，野茫茫，风吹草低见牛羊"。只是，这里不是阴山下的敕勒川，山顶也没有一头牛一只羊，风吹草低之后，现的就是我们这一帮文人墨客了。站在冬茅草里远望，龙山四面高高耸立的数十座山峰似一条条巨龙蜿蜒在天地间，像是要将一片蓝天搅得风涌云怒，那种动感、那份气势，使你无法不心生震撼。

我突然明白龙山的冬茅草为何长得如此不管不顾了。

那些没有成名的美石

我不知道那些石头的名字，问当地人，他们也同样不知道。几千几万年以来，那些石头就矗立在这一片深山里，经受风雨雪霜的侵袭，直面过往行人的臧否。天生丽质的它们有过寂寞和委屈吗？有过一夜成名的梦想吗？没有谁可以回答，也许永远无人能回答。

从城市坐五六个小时的汽车走进这个偏僻的乡村，目的只有这一个：与那些没有成名的美石拉拉手儿、说说话儿。

第一个吸引我的是神仙岭的美石。神仙岭海拔一千七百米，从山顶回望山下，颇有一种"登泰山而小天下"的感觉。高高地抽着白色穗儿的冬茅草和红嘟嘟的"救兵粮"伸着长长的手臂欢迎我们，使我们深深感受到来自大自然的温情。关于神仙岭，本来是有个美丽的传说的，但行旅匆匆，我将听来的传说丢在那座高山上了。山上有庙，庙里有和尚，但我的目光却独独被山上的石头所吸引。神仙岭的石头真的颇有仙气，它洁白得像云朵一般，不带一丝杂色。一群群美丽的白石爬满了神仙岭的各个山头，构成一幅幅极富动感的风景。左边那片坡形的青草地上的白石像一群绵羊，它们有的低头吃草，有的抬头望向远方，有的则半蹲在地上倾听着什么，有的则在做着抵角的游戏；右边那座山头上的白石则如一座座佛像，佛们等级森严，高的至少有三四米，矮的不足一米，它们神情各异，或双手合十，或笑脸如花，或双眉深锁，让人觉得好像进了天堂一般。

还有一种灰色的石头遍布于油溪河上游的河床，大的高达两米，小的也有四五十厘米，体形圆润、姿态各异。一溪流水从河床中穿过，灰石抓住这个绝好的机会，在水面上留下斑斑驳驳的倒影，岸边的山和草木花藤也眼红，跟着一起把倒影印在水里。那种清丽优雅的意境简直就是一首唐人的绝句。

说起石头，绝对不能不提油溪河上游峡谷的崖壁。一进油溪峡，左侧一堵悬崖绝壁上嵌着一个叶子形的洞穴，洞口遍布密密麻麻的小草，当地人叫它女人洞。说是女人洞，但整块石壁却绝对是男人的。石壁高达上百米，即使猿猴也无法攀援，更不要说人了。往前走大约两百米，一头巨大的黑色"海狮"出现在我们面前。"海狮"的头仰向天空，庞大的身子蹲在一块高约三百米的石崖上，石崖刀削斧砍般陡峭，其气魄足以将老天爷吓一大跳。更有意思的是河边那两块高达十多米的巨石。两块巨石的上部尖尖的，彼此基座之间的距离在一米以上，脑袋却紧紧抵在一起，活像一对夫妻在静夜喁喁私语。

站在新化县温塘镇那一片美石中，我不禁产生一种怪怪地念头：如果这些石头不是生长在偏远的山区，而是生长在大中城市的近郊，或者某个久负盛名的自然、人文景点旁边，它们的命运又将如何呢？它们还会像现在这样默默无闻吗？风景与人一样，除了个体的杰出之外，与其置身的环境大有关系。不过也幸亏不名，它们才保持了现在的这份纯洁，我们也才有机会看到这种未被现代商业污染的原始之美。许多时候，不幸与幸运其实是交织在一起的。

舞阳河的"岸"

舞阳河位于国家历史文化名城——贵州镇远,属于国家级重点风景名胜区。

七月的阳光很毒,我们的脸上、手上如火辣辣的针在扎,但舞阳河让人觉得一切的付出都是值得的。你看那水,绿得可以毫无顾忌地喝上几口,又流得很缓慢,给人一种城府很深的感觉。船行绿水中,感觉比在高速公路上坐小汽车还要平稳。河边有洞,洞内泉水叮咚,更添一种韵致。有汇水进来的小溪,小溪哗哗地喧闹着,是不懂事却充满了好奇心的孩子。如果不是坐在游艇上,我真的想在这两水交汇处玩一会儿,沾染些美水的灵气。

最值得说的当然还是舞阳河的"岸",说"岸",实际上是一种习惯用词,严格地说,舞阳河的两岸只有山,而没有严格意义上的所谓岸。山绝大多数都是陡峭的悬崖绝壁,不要说人,就是善于攀援的猴子恐怕也束手无策。然而，这些人爬不上去的山却构成各种绝妙的景点，让你不能不慨叹大自然的鬼斧神工。天生桥、火烧赤壁、苗家腊肉、将军柱、夫妻岩，一个个都那么惟妙惟肖，让人流连忘返。

舞阳河有四个景点特别美妙，它们是雄狮咆哮、三叠泉、一线天、孔雀峰。雄狮咆哮在下河码头处。一堵几百米高的悬崖上蹲着一头体形健壮的狮子，脸朝河面身子向外，雄狮的头高高地昂着，似乎想要向世界发出自己的声音，那一种姿态使你情不自禁地想起豪迈、威严等等阳刚的字眼。船行三十分钟的样子，绝壁上一眼雪白的泉水倾泻而下。这眼泉水有点特别，它流进河里不是一步到位的，它先在一个巨大的石块上折一下，再从第二级悬崖上流下来，并在河面撒下一片白色的水珠，"三叠泉"之名由此而来。我看过许多瀑布，大的、小的、有名的、无名的，但很少有一眼瀑布像三叠泉一样清秀、精致、韵味无穷。船还在不断地行进着，突然明晃晃的阳光不见了，巨大的河风吹拂着我们的衣服。不用说，这是到了一线天。舞阳河的河道宽度悬殊，宽处有一千来米，窄处只有几十米。河道窄，两旁又石壁林立，我们能看到的天空自然也就非常有限，成了一根白白的"线"，心里难免产生几分惊恐。船长倒是镇定，有板有眼地操着方向盘，让人无形中产生平安穿越的信心。舞阳河最著名的景点还是孔雀峰。一堵悬崖突然在半空中平缓下来，形成一个平坦的山包，山包上，一只巨大的孔雀巍然屹立，它炯炯有神的目光平视着前方，骄傲地展开自己美丽的羽毛，炫耀着，那头那脖那身子栩栩如生，让人疑心这是不是一具亿万年前的孔雀化石。到舞阳河来游玩的人，不管他是高官还是平民，是普通人还是社会名流，是喜欢张扬的人还是生性内敛的，都会情不自禁地在孔雀峰前留下自己的身影，世界很大，但大自然留下的杰作并不太多，遇上了，是我们的缘分。

作为一幅活动着的青绿山水画，舞阳河穿越七月的阳光，住进了我心里。

大自然的哲学

我居住的这套公寓经常可以听到虫声与鸟声。窗外是一排排樟树、蜡树,树旁是大片人工草地,草地中间还有一个四米见方的花坛,虫鸟们有的是地方栖息。感觉上春天鸟声多些,夏秋更多的是虫声。

在城里生活,与虫鸟有些隔膜,更多的时候我们都是闻其声而不见其影。小时候在农村不一样,那时我们与虫鸟是玩伴,如果虫鸟与我们通言语,我相信老家的许多虫鸟一定叫得出我的名字。

我曾经喜欢三种虫,一是蝗虫,一是凤壳虫,一是萤火虫。蝗虫对庄稼有害,乡人对其恨之入骨,但小时候的我不懂得这些,只觉得蝗虫特别好玩。蝗虫是一种头顶有须身型修长、浑身碧绿的生物,它有一对薄薄的透明的翅膀,极善飞翔;同时它还有一双非常灵活的长有小刺的大腿,经常在田间地头跳来跳去。抓来蝗虫,我会用小藤系小石子绑在它的双腿上，然后放开。蝗虫拉着这颗小石子跳来跳去，煞是好看。这当然是孩子的恶作剧，在某种意义上其实是对蝗虫的一种虐待，一不小心蝗虫就会将腿弄断。后来我慈悲心大发，捉了蝗虫，只是用线系着它的腿，玩上那么个把小时，就会将其放飞。

我也喜欢凤壳虫。凤壳虫的外形有点像蟑螂，但比蟑螂体态匀称，它背上有硬壳，壳下有像螺旋桨一样高速运转的翅膀，飞起来嗡嗡的。蝗虫常常跳跃在庄稼的茎叶上，凤壳虫似乎只是生活在栗树上，以树叶为食。凤壳虫的繁殖很快，一棵栗树上少说也会有上百只。我们捉它时总喜欢带个小药瓶，捉了就将其放进瓶里然后盖上有眼的盖子。回去之后再用绳子拴住它的两条腿，假装要放飞它，凤壳虫不知是计，一边不停地叫唤，一边使尽全力幻想脱离我们的控制，这当然是徒劳的。

在那时的我们看来，最可爱的虫子自然是萤火虫。萤火虫的可爱在于：第一，它常出现在夏天的月夜；第二，它一般都是栖落于长得密密麻麻的水稻枝叶间，浑身沾着草香。小时候抓到萤火虫，我会将其集中到一个玻璃瓶里，然后故意关了家里的灯，用它照亮。萤火虫的亮度极有限，用它照明什么都看不见，我们其实也不需要它真的照亮什么，只是喜欢那个掺进了某种渺小的希望的过程，就像现在的城里人大都喜欢去乡下花大钱钓鱼。

虫子有一点跟鸟不同，我对所有的鸟几乎都是亲近的，麻雀、燕子、喜鹊、布谷、大雁……遇上任何一种鸟，我都愿意走上前去。但虫子有的我喜欢，比如上述种种；有的我讨厌，比如掉在身上皮肤立即红肿的毛毛虫，叮在腿上比磁铁还难扯开的蚂蟥。正因为如此，多年来我写过大量关于鸟的文字，却没有写过一篇有关昆虫的文章。然而，无论我对虫子是何种态度，它们都顽强地生活着，并以各自的方式证实着个体的存在。

　　世界上任何一种生命都无须依照另一种生物的喜恶生活，这就是大自然的哲学。

叶

几场春雨过后，星星点点的叶芽就从酣睡的地层深处，从开小差的垂柳和杨树的枝条上露出了脑袋。几乎没有人特别留心叶的光临，乡野四望翠绿，叶是一种再平凡不过的自然物事；即使是在高楼林立的都市，也有大量的街树和草木聚居的公园提供绿的消息，叶依然挤不进我们来去匆匆的视野。

叶自己哺育自己，这是世界上少有的一种现象。每到秋天，大部分的树与草们脱下了浓密的绿装，褐黄的落叶堆积在树和草的根部，被时间粉碎着，被雨水浸泡着，被风搬运着，变成腐殖质，变成树和草的氮磷钾，变成再度萌发的养分。等到春风吹响出征的哨子，新的叶齐刷刷地从四面八方钻出来，呈示自己旺盛的生命力。叶这种随意生长的天性，使它最大限度地脱离了成为商品的可能，世界上多的是卖花人和买花人，但没见过谁买卖树叶、草叶。

叶远离荣誉，远离欲望，远离一切可以得到好处的场合，总是默默无言地做着该做的事。她知道自己的配角身份，所以总是把抛头露面的机会让给花朵，使生命短暂的花在第一时间里获取命运所有的灿烂和辉煌。于是我们记住了各种各样的花：牡丹、玫瑰、蔷薇、月季、菊花、含笑、玉兰、吊钟、杜鹃……但我们记不住这些当贤内助的绿叶。人们愿意给自己喜爱的花取一个美丽的名字，但谁把目光投向过叶呢？叶从来就没有名字，要把它们区别开来，只能冠以花的名字，就像旧时那些没有独立的地位和人格的妇女，结婚之后必得冠以夫姓一样。

叶的出生有着多种形式，有的是在花萌芽之前，比如柳叶、梅叶；有的是在花露脸之后，比如我们习见的桃叶。观察一片叶子从出生到成长的过程，是一件非常快乐的事情。我的住所前恰好有一株桃树，无事可做的时候，我喜欢一个人背着双手在桃叶下漫步。我发现每到二月中旬的后半截，桃花就开始在光秃秃的枝干上萌发花苞，在花苞一朵朵开放之后，桃枝上才有了一星半点的叶芽，这大约已是二月下旬的事了。一个叶苞开始只有一个鹅黄的叶尖，慢慢变成淡绿的两个，再以后则是几片浓绿的有绒毛的菱形叶子了。当桃叶历尽沧桑走向自己的青春时代，桃花却已是一幅残暮之态，花瓣干瘪瘪地向花蕊中心凹陷着，不再有从前的那份妩媚的姿容和圆润的光泽。或许这是所有叶的宿命：人们有闲心把钦慕的目光投向树与草时，花开得正热闹，叶处于被世人忽视的位置；当叶终于有了自己独自的美丽，势利的人们却已四散离去。

然而，上帝是公平的，它不会把所有的好处都加给一个人，也不会把所有的缺陷都让一个人承担，它给予花朵以万人瞩目的辉煌,却也剥夺了她长寿的愿望;它让叶平淡辛劳,却同时赐予叶长久翠绿的运气、倔强的本性和穿越风雨的能力。泰戈尔说:"果实的事业是尊贵的,花的事业是甜美的,但是还是让我做叶的事业吧,叶是谦逊地、专心地垂着绿荫的。"泰戈尔知道,世界上没有一种事业像叶一样不在乎环境的好坏,也没有一种事业比叶更长久,更值得我们为之献身。

生命的展示永远没有固定的模式。

乡夜听蛙

乡居的快乐是长年居住于城市的人无法想象的，乡下有真正的青山绿水，有一望无际的蓝天，更有大自然的各种奇妙的音响，我倾听过春雨走过池塘的嗒嗒声，捕捉过微风拂过树梢、草尖的沙沙声，更倾心过溢满乡村每个角落的鸟声、蝉声、蛙声。

在大自然所有的声音中，我最喜欢的是蛙声。鸟是小资的，蝉是贵族的，只有蛙非常平民。蛙随遇而安，不计条件，池塘、稻田、河流，有水的地方就有它的踪影，有夜的日子就有它的歌唱。我自小生长在农村，十八岁才出外求学，就算是现在，也要在每年夏天抽出两三天时间回乡下老家，听过的蛙声少说也有几百、几千次。我坐在水库的大坝上听过，站在田埂上听过，睡在家中的木床上听过，越听越感到大自然的深奥，越听越觉得蛙声里有着世界的无限神秘。

蛙声的优美，曾使多少文人墨客为之倾倒，走进唐宋诗，简直就像踏进一片浮满蛙声的稻田。唐代吴融《阌乡寓居十首　蛙声》云："稚圭伦鉴未精通，只把蛙声鼓吹同。君听月明人静夜，肯饶天籁与松风。"宋人赵师秀《约客》："黄梅时节家家雨，青草池塘处处蛙。有约不来过夜半，闲敲棋子落灯花。"宋代著名爱国诗人辛弃疾《西江月》词云："明月别枝惊鹊，清风半夜鸣蝉。稻花香里说丰年，听取蛙声一片。七八个星天外，两三点雨山前。旧时茅店社林边，路转溪桥忽见。"这些诗人、词人政治倾向各不相同，人生际遇大大相异，然而，他们对蛙声的痴迷却像是商量好了似的。

在我的生命中，有过两次刻骨铭心的听蛙。2006年4月底，娄星区作协组织了一次奉家山采风活动。吃了晚饭，几个文友相约去看渠江夜月。春天的月亮似乎不是特别鲜亮，光线洒在地上，像长了毛似的，总有点糙糙的感觉，不过，渠江月夜潺潺的水声和两岸此起彼伏的蛙声却给我们的耳朵上了一场经典音乐课。渠江的稻田基本上平躺在河的两岸，青蛙们像组织了合唱团似的，高亢的时候声遏行云，舒缓的时候绕树三匝，没有一刻停歇，那清亮亮的声音让人恨不得扑进河里、跳入稻田。没有看到领唱的口哨，也不见乐队指挥高举的手臂，我不知这些青蛙何以唱得如此整齐。唯一的解释是它们好客，得知我们这些远方的文人墨客要来，进行过长时间的彩排。

最近，我因事回了趟乡下老家。晚上家里有点闷，我搬个凳子坐在屋前的地坪里，天上黑蒙蒙的一片，连个星星都没有。我家的房屋是处于一个菜碗形盆地北端的高处，"菜碗"四周是一排排长短不一的梯田。梯田里的蛙声就像一首音乐的主旋律，远远近近飘忽而来，我甚至能清晰地听出某片声音最大的蛙声来自何处，某片最低沉的蛙声源于哪里。蝉也像与蛙事先沟通了似的，在蛙声停息的时候展开了自己的歌喉，于是蛙声、蝉声，蝉声、蛙声，彼此交错，互相铺垫，我不知自己是置身于大自然美妙的音乐中，还是融合在众多熟悉或陌生的生命里、融合在动物的无私友情中，它们能让你从心灵深处生出一份依恋、感激和渴望走近的冲动。我当即把现场的蛙声用手机"直播"给一个朋友听，朋友开始没听到，后来说只听到了一点点，我遗憾极了，恨不得每个口袋都装满蛙声送给她。大学教科书说：文艺起源于劳动，我觉得不怎么对，至少音乐不是，音乐应该起源于蛙声，起源于夏夜的那一丝温暖的静谧。大自然永远是人类的老师，它陶冶着我们的性情，影响着我们的日常行为方式和对文学艺术的创造。

　　在老家听蛙的那天晚上没有月亮，不过，拥有了那一片蛙声，我的心头也就拥有了一轮永恒的明月，拥有了一种长久的生命的温润和感动。

崀山看石

久闻崀山大名，文学界的朋友也多次向我推荐过崀山的风景，未来崀山之前，一线天、情人岩等景点的名字早已把我的耳朵吵得痒痒的，但一则因为忙，二则出于越是大家叫好的东西越需要冷静以对的心态，迟迟下不定决心，这一迟就迟了十年。

十年，对于大山，只是一瞬，但对于人，又是另一番面貌了。事业、生活的变化不说，最直观的感觉是头上的白发多了。我不知道自己的生命中还有多少个十年，但我知道在这个十年，我必须赴一次崀山之约。

我是在一个细雨绵绵的日子里与同事们一起走近美丽的崀山的。崀山位于湖南新宁县。辖五大景区，18处风景小区，百多个重要景点，总面积108平方公里。山、水、洞、巷、峪、泉景观齐备，集雄、奇、险、峻、幽、秀于一体，是继广东丹霞山，福建武夷山后新发现的目前全国最大的丹霞地貌风景区。

说起崀山，不能不提大诗人艾青。1938年10月，艾青写了著名的《大堰河，我的保姆》之后不久，即随湖南省立乡村师范学校避战乱迁来新宁，他在这里写下了著名的《我爱这土地》一诗："为什么我的眼里常含泪水？因为我对这土地爱得深沉。"那段日子，艾青爬遍了崀山的山山岭岭，饱餐扶夷江的秀色，他随口对学生说过这样一句话："桂林山水甲天下，山（当时对崀山的称谓——游注）山水甲桂林"，后来，政府想开发崀山风景资源，找艾青求证，老人证实了这事，只是惠赐墨宝时，把"甲桂林"改成了"赛桂林"。艾青对来人强调"赛"是比赛的意思。

崀山的著名石景很多，辣椒峰就是有特色的一座。整块巨石高达180米，有相对鲜明的四棱，头大脚小，极像一只湖南辣椒。石身非常光滑，只有峰顶有草木藤萝，不像张家界的景致，绝壁上常有树木花草，这也是崀山的独特之处。2002年，法国著名蜘蛛人阿兰·罗伯特曾徒手攀援此山，我这次特地看了他的起登处。站在山下向上一望都不寒而栗，真不知那个金发、蓝眼睛的老外哪来那么大的胆子。

站在八角寨观景台，放目远眺，迷离薄雾像白色的海水，数不清的巨鲸从海面斜身跃出，大小错落，互不相让，它们的头部都伸向同一个方向，好像是进行远游时的热身赛，这是崀山另一个名景——鲸鱼闹海。如果说辣椒峰的美丽贵在它的神奇的话，那么，鲸鱼闹海则胜在一种磅礴的气势了。

我最喜欢的崀山石景还是"天下第一巷"。这应该是崀山最出彩的地方。两面天生的巨大的石壁面贴面向前伸展着，只留下一条窄得不能再窄的巷道。巷道长238.8米，两侧石壁高120到180余米，而宽仅0.33—0.8米，所有的路段都无法容两人错身，就是一个人行走也不得不侧向而行，最窄的地方，我这种有点儿胖的人就得前后贴壁试探着一点点迈步了。两壁寸草不生，只有细细的水珠沿着石壁漏下来。站在巷中，回望来路，但见进口和壁顶破出一线白白的天来，如一条细长的白练在空中随意飞舞，袅娜而又飘逸。听导游唐小姐说，这样的一线天在崀山还有多处，只是长度不及天下第一巷而已。我此处看到的就有"遇仙巷"。

石有石的今生来世，不知人是否也有自己的今生来世，如果有，我希望上帝开个后门，让我做扶夷江畔的一块精彩的石头，每天在青山里倾听悠悠的鸟鸣，在层峦叠嶂的峰林中寻觅自己的矗立和挺拔。

樟香满街

春日下午去街上闲逛，一路都是浓浓淡淡的花香，吸上几口，心都醉了。我满脑狐疑，是桂花香吗？香味倒是类似，但现在是阳历四月底，算阴历还在3月份呢，而桂花要在阴历八月才可能登场。是橘花香吗？节令倒是差不多，但我所在的城市的人行道是绝对没有橘树的。不要说行道树没有，就是绿化带里也没有。抬头一望，樟树的树冠上罩着一层淡黄的小花，一丛一丛的。我这才知道，满街的樟花正是香味的源头。

樟树是这座湘中城市的市树，数量多得让你看花眼睛。就说我眼下正在走的氐星路吧。它原先是两条路，隔着一个不大的公园，后来市里拆掉了小公园，将它改造成一个广场，两条路就融合在一起了。向南的一段街道两边各栽了两排树，一排在绿化带，一排在行人道。在绿化带里的是尚未长大的国槐，在人行道上的则是别处移栽来的樟树。向北的一段街道樟树数量更加可观，街道左右各有三排树，且都在行人道上，靠近非机动车道的一排是法国梧桐，其余两排都是樟树。这条街的樟树小的有大半抱，大的一抱有余，浓荫如盖，亭亭玉立，美不胜收。

樟树有着一种典型的南方女子的做派，偏爱温暖、湿润的向阳山坡、谷地及河岸，不喜欢寒冷、干旱的环境。它善解人意，不像杨树、松树，总是由着自己的性子，想绿就绿，想落叶就落叶，而是从春到冬始终绿意盎然，它不是不落叶，只是它特别顾全大局，在乎喜欢它的人的感受，一定要等新叶长出来，而且绿得够劲的时候，才把有些带红的去年的老叶一片片脱掉。樟叶的形状非常美丽，极像一枚对半剖开的皮蛋，阳光直射，涂着薄薄腊质的叶面闪闪发亮，那模样很容易使人联想到碧绿的翡翠；阳光斜照，落在地上的叶影又像是一块碎花地毯，散发出几分清丽的韵致。樟树的姿态更是讨人喜欢，它跟法国梧桐不一样。法国梧桐的枝丫非常粗壮，它只喜欢旁逸斜出，从没想过直刺云天。樟树的枝条相对细瘦，它虽然也旁逸斜出，但一刻没有忘记向高高的云天进发，随便一棵樟树都比法梧高大得多，那份高迈和优雅实在让人流连忘返。

又要说到樟花了。如果把樟树比作一个人，挺拔的枝干是身子，层层叠叠的樟叶是毛发，秀气的樟花应该算是它的眼睛。樟花不像玉兰花那么张扬，玉兰花生怕别人不知道自己会绽开似的，放一个骨朵，比菜碗的碗口还大，并且香得让人窒息。樟花的形状类于桂花，细细碎碎，一朵花的长度不到半粒米；其香味也是恰到好处，似有若无，似远若近，沉沉浮浮，有时我真的不明白为什么那么高大挺拔的樟树只开这样貌不惊人的花，只发出这样柔若无骨的香味。不过樟花不自卑。桂花绽了苞,只把浓浓的香放出来,自己躲在厚密的叶片底下,你不仔细找,根本就发现不了它。樟花虽小,却敢于在枝头一串串展开,大大方方钻出密密麻麻的叶丛。远远望去,结满花的樟树冠,就像被谁撒了一层厚厚的菊黄色的荧光粉。

我在街上独自徜徉着,久久不忍离去。望着一棵棵老友般的樟树,心里不觉生出几分惭愧。大学毕业分配到这个城市已经二十多年,我居住的氐星路一直都种植着樟树,然而,熙熙于名、攘攘于利,我很少留意樟树的模样,更不清楚樟树是否会开花、樟花有没有香味。这是一种怎样的遗憾啊!

仔细一想,滚滚红尘中,被来去匆匆的我们忽略的生活的美丽,又何止这些樟树和馨香的樟花呢?

水样凤凰

这辈子,你一定要去一趟凤凰。

车进凤凰古城,第一眼看到的是街道两旁沧桑感十足的古代建筑,楼普遍不高,只有两至三层,但一律灰砖青瓦、木门木窗,檐角多以凤凰为饰,奉若图腾一般。凤凰的古是真古,不像少数旅游区一样随意造假。春秋战国时它被称为"五溪苗蛮之地",历来为湘西苗疆的政治、军事、经济、文化中心,明设五寨司,清置厅、镇、道、府,凤凰营、阿拉营等都是当年的兵营。踏在古屋林立、飞檐交驳、青石板铺地的街道上,你总能找到一种梦回汉唐的感觉。凤凰人也确实善于营造带有几分古意的氛围,古城街道两旁不设新式路灯,夜晚一到,两旁的红灯笼一齐放射出迷迷蒙蒙的光。要是下着小雨,打一把青布伞,在两旁挂着蜡染、熏肉,摆着姜糖、苗族银饰的店子穿出穿进,很有几分元代小令的诗意。一个人沐着春风飘在这些长长短短、平平仄仄的古街里，我傻傻地想，此时若有某个心爱的人陪在身边，生命不知会增添几多美好的记忆！

沱江是凤凰古城的动脉，一江清清亮亮的水徐徐而来，悠悠而去，像少女一样纯情而又温柔，它白天以清澈、平和陪伴游船的穿梭和城里人的洗刷，晚上又以潺潺的音乐护卫两岸的人们进入美妙的梦乡。沱江的捣衣声堪称一绝。每到黄昏，吊脚楼的女人一个个袅袅娜娜地走出来，在水边蹲下身子，用棒槌敲打生活，敲出对明天的向往。夜幕降临，那些卖河灯的孩子和买河灯的游人挤满北岸。河灯又称许愿灯，一般是用红纸糊成莲花形，中间置一根或多根蜡烛，点燃后再放进河里。大大小小的河灯随水漂流，像星星一般闪闪烁烁，美丽至极。

到了凤凰，不能不看南方长城。南长城距县城18公里，每隔10分钟，就有班车经过，方便得很。《凤凰厅志》、《辰州府志》等史载：南长城始建于明嘉靖三十三年（公元1554年），竣工于天启三年（公元1622年），边墙的完整体系则形成于嘉庆二年（公元1797年），目的是防止苗民起义。边墙南起与铜仁交界的亭子关，北到吉首的喜鹊营，全长382里，被称为"苗疆万里墙"，它高踞于山脊之上，城墙底宽五尺，顶宽三尺，每隔三四米都有内宽外窄的锥形炮孔，孔边有掩身的城垛。这一点，你不能不佩服古人的聪明，内宽便于瞄准对手，外窄则有利于抵御敌方的反攻。沿城墙每三五里便设有边关、营盘和哨卡，如亭子关、乌巢关、阿拉关、靖边关，再配以碉堡、炮台、边墙，将湘西苗疆生生隔离。南长城与北长城不同，北长城一般以城砖构筑，而南长城主要用石块建造，我想这可能与北方多土南方多石的地理环境有关。站在南长城顶上，我思考着一个问题：当一个国家只知用武器对准自己的民众，而不懂得通过民主、人性等温和方式解决内部纷争，它的屹立是否可以长久？明清的灭亡其实已告诉了我们答案。

身处古代的军事要塞，凤凰人的血性与生俱来。"七七"事变后，凤凰一支土著部队改编成陆军128师，开赴浙江嘉善抗日前线，屡建奇功，历史上凤凰也确实诞生过不少优秀的军事将领，比如云贵提督田兴恕、湘西王陈渠珍，然而，凤凰人最引以为豪的还是文学大师沈从文、美术大师黄永玉。你在凤凰街上随便问一个人，他们几乎都能说出沈从文、黄永玉几件事情。凤凰县政府在沈从文先生的墓地立碑上如此行文："先生一生，淡名如水，勤奋、俭朴、谦逊、宽厚，自强不息。先生爱祖国、恋故乡，时刻关心国之安（原文如此——游注）、乡之勃兴、民之痛痒、人之温爱，堪称后辈学习之楷模"。对黄永玉，凤凰人则在万寿宫专设绘画艺术馆，以弘扬其艺术精华。沈从文和黄永玉当然也没有辜负故乡的期望，他们在各自的领域都获得了世界性声誉。这也是凤凰这座城市最可爱的地方，它重血性，却也有大胸怀容纳文人墨客的温热和柔情。

凤凰的美，美在它的淳厚、质朴，更美在它的另类和水一样流淌的灵气。

天上飘来两座庙

对宗教圣地，我一向有一种特殊的好感，潜意识里总觉得真正的出家人都是些有仙气的人，有仙气的人选择的落脚点一定也充满着飘逸的意味。梵净山就显出了几分飘逸，它是巍巍武夷之主峰，滔滔辰河之源头，位于贵州铜仁地区江口、印江、松桃三县交汇处，海拔2572米，方圆五百多公里。梵净山中的"梵净"二字，是梵天净土的意思。此山唐代以前称为"三谷山"、"辰山"、"思邛山"，明代以后改称"梵净山"。梵净山是全国著名的弥勒佛道场，与山西五台山、四川峨眉山、安徽九华山、浙江普陀山合称中国五大佛教名山。

踏着深秋的节拍，我坐索道缆车悠悠走近了梵净山。山上的树叶正是五彩缤纷的时候。从缆车上俯视，那血红的是枫叶，金黄的是银杏，深棕的是栗树，浓绿的是松杉，当然偶尔也可以看到几株光秃秃的树儿，树枝旁逸斜出，一副桀骜不驯的样子，它们虽然没有色彩上的美感，却自有一份男人般的苍劲。梵净山其实是一个植物的乐园，山上有1955种植物，包括贵州紫薇和中国鸽子花这样的珍稀树种。仅凭肉眼所及，你就能感觉到它的无限丰富。山上溪流遍布，曲的蜿蜒如蛇，直的浑如白练，把我们飘满红尘的眼睛洗得清清亮亮。

下了索道，步行十来分钟即到梵净山的山垭口。沿山垭口往右走是蘑菇石和万卷书，往左走则是著名的红云金顶。蘑菇石是一块高达十余米的大石，蘑菇顶大半悬空，底下是一个细细的蘑菇脚杆。说也怪，蘑菇顶悬空得这样厉害，千百年来，风雨侵蚀它，冰雪覆压它，就是不倒下来，让你疑心是不是有一双无形的神奇之手在暗暗地托着它。万卷书是一堵高约两百余米的巨大的石壁，石头全部是那种贝页岩，整齐得像是被人一块块叠起来似的。据说玄奘当年自西天取经返回时，专程来梵净山参拜弥勒古佛道场。快到红云金顶时，座下白龙马偶失前蹄，散落一摞佛经。玄奘大师道行高深，佛经一落地，居然变成一块块美丽的石头，层层叠叠高耸在黔东大地上。我自然不会相信佛经变成巨石这样的奇谈，但万卷书的磅礴气势和动人风姿确实震撼着每一个观赏者的心灵，玄奘先生若有在天之灵，我猜想他肯定会笑纳这个传说的。

梵净山的景致最吸引我的还是红云金顶。所谓红云金顶，其实就是一块垂直高差达一百米的巨石顶端，因晨间常有红云瑞气缭绕，故有此名。上金顶的路有两条，一条是上山的，一条是下山的。上山的路是在巨石上凿出的一级一级石梯，路道很窄，只容一人勉强通过，旁边即是万丈悬崖。为了保证安全，靠悬崖的一面安装了栏杆和铁链，栏杆在石头上生根不容易，它们大都高不及膝，靠里的一面安装的是上端固定的铁链。身体上方的石头长得靠里一点，游客可以像走一般的上坡路一样攀爬；上方的石头倾泻而出，与下面的石基构成张开的贝壳状，你就必须将身子尽量贴着石梯，两手各攀一根铁链，一步一步往上爬。一步不慎，完全可能导致自己和后面的人摔下悬崖。大约走完三分之二的路程，悬崖上的石梯不见了，摊在我们面前的是石缝间的路，两面是石壁，头顶一线白白的光，此时我们真想大喊一声"金顶万岁"。也莫怪我们兴奋，一路攀爬，到了此时，才有点儿安全感。或许是因为路途实在过于惊险，我们一行人没有催促声、玩笑话，只有细心地提醒、默默地帮助。行走在悬崖绝壁上，我不禁想起长年生活在山顶的那些僧尼们。梵净山适合建寺庙的地方遍地皆是，他们为什么要选择这样一个极其艰难的处所建庙修行呢？是为了磨砺容易懒惰的心性，使自己修行的意志变得坚硬如铁，还是希望最大限度地远离尘世，让灵魂接近星空？无论怎样，我都对他们心怀敬意，毕竟这样的生活不是我等俗人敢于选择的。

攀爬了大约三十分钟，美丽的红云金顶出现在我们面前。整个金顶的面积大约有两三百平方米，中间如被一把神斧劈成两半，形成一个看不到底的深渊，由天桥相接。天桥两边各建一庙，一边供奉释迦佛，一边供奉弥勒佛，暗示现代佛（释迦牟尼）向未来佛（弥勒佛）的交替。寺庙香火不断，供果四季新鲜。两座寺庙始建于明朝，后来遭到破坏，近些年照原貌复修。金顶上有水泥栏杆围住四周。放目远眺，梵净山周围高高低低的山峦尽收眼底，浓浓淡淡、层层叠叠，叫人恨不得揽之入怀。看着云儿在身边飘来飘去，我感觉两座寺庙变成了轻盈的云朵，成为深秋的天空最耀眼的一部分。

从红云金顶下来，我许久没有说话。

沱江捣衣声

去凤凰旅游的人都听说过所谓"古城八景",这八景里有名人故居、商人会馆、富人宅第、旧时城楼、风雨桥观景楼,美轮美奂,确实值得旅游者用心追寻。其实沱江还有一景,那就是黄昏时两岸劈劈啪啪的捣衣声。

沱江的水清澈得可以照见云朵和星星的笑脸,流经凤凰古城时,水面长好几百米,水势也颇平缓,聪明的凤凰人在河流两岸修了一列列一望无际的石阶。石阶极平,几乎可以用木匠的墨斗弹线,一列列石阶以下窄上宽的方式叠加,由低处向高处延展,构成我们通常所说的阶梯。阶梯低处可以刷衣洗被,高处可供行人通行。而一个阶梯又有五六个台阶,无论枯水还是丰水,居民的生活都不会受影响。

我住的旅馆在北岸,出出进进都要过河。每次黄昏过河,总会看到古城的女人们从两岸亮着红灯笼的吊脚楼袅袅娜娜地飘出来，她们端着脚盆或脸盆，盆子里是待洗的衣服、被单，衣被上放着两尺来长的棒槌。洗衣的女子年龄不等，既有十来岁的小女孩、中老年女子，当然更多的还是像刚绽苞的花朵般的苗家姑娘。女人们飘到江边，随便选一个地方放下盆子，脱掉鞋子，再把两只裤脚高高卷起来，露出白晃晃的双腿，浣衣就开始了。

看凤凰女人浣衣，就像品读一幅美不胜收的油画。女人们先在石阶上不慌不忙地蹲下来，把衣被轻轻扬开，放在江里浸湿，浸湿之后摊到薄薄地盖了一层水的石阶上，再在衣被上均匀地撒上一层皂粉，团揉上几把，然而，就用棒槌在衣被上用力敲打，打好了一面再把另一面翻过来。衣被里的水分榧得差不多了，再把它们扬进江中，让它们重新吸足水分，周而复始地榧上第二遍、第三遍。那些起彼伏的捣衣声连着潺潺的流水声、来往行人的说话声，汇成一曲美妙的流行曲，使你疑心自己此刻是不是走进了李白置身过的长安城。"长安一片月，万户捣衣声"。今夜无月，但捣衣的沱江女子却以自己勤劳的双手创造着电子时代的城市里极其缺乏的田园诗。这些田园诗优雅、从容、朴素，却又入骨入心。想想自己在另一座城市里的生活，上班、写作、无聊的应酬占据着生命的大部分空间，要洗衣，无非是打开龙头、插上电源，再在全自动洗衣机上设定程序，让洗衣机转上那么个把小时。方便是方便了，又何曾有灯下浣衣的诗意、江边捣衣的浪漫？现代的物质生存与原始的心灵生存往往是互相矛盾的。

那些在岁月里悠悠回荡的捣衣声，是我心中的神。

走"眼"西街

  第一次听说西街,似乎是因为一本叫《我的西街》的小说,小说的作者是谁,已经忘了,但西街这个美丽的名字却被我的记忆刻录了下来。

  到桂林的第三天,是游漓江,终点站为阳朔县城。从码头上来,花十块钱坐电瓶车即来到了西街。西街街道不长,只有517米,宽度也只有8米,街道用大块的石块铺成。它的建筑在外观上并不时髦,有的侧面还裸露着青色的砖块,让人觉得不免有些粗糙,都是六七十年前的老房子,也有一些是明清的。然而,就是这样一条小小的带有几分古意的街道,却闻名天下。

  西街,是西洋街的意思,就像旧金山的唐人街一样,所以,西街又称洋人街。这里也的确聚集了许多外国人,你随便走进一家店铺,都可能跟各种肤色的外国人打个照面。西街的店铺招牌都是外文或中英文对照，外国人在此开店的就有20多家，经营风格也是中西合璧的，小小的一条街上铺排着百来家商店、酒吧、饭馆，既有鲜明的民族特色，有蜡染、印章、书法，又有浓郁的西方情调——酒吧、西餐厅、咖啡屋鳞次栉比。三五成群的外国人在饭馆里喝啤酒、品佳肴、聊天谈笑，一副"采菊东篱下，悠然见南山"的神情。

据说西街的涉外婚姻比例为中国之最，混血儿随处可见，有父亲是外国人的，也有母亲是外国人的。我只在西街逗留了两多小时，没有见着混血儿。在一家外国人开的酒吧门口坐着一个外国小伙子和一个中国姑娘。外国小伙子在本子上写着什么，中国姑娘则留意着街上的行人，一看就是一对小夫妻。在我看来，这两个人还真是非常般配，年龄差不多，长相一个英俊，一个漂亮，让人羡慕极了。

西街给我的另一个印象是特别的安静。无论走进哪家店铺，都没有喇叭声扰人，也没有一些城市常见的高声喧哗。服务员介绍商品时，语速从容，声调温柔，表情谦和。据说，外国很多城市都是非常清静的，西街的安静是不是外国人带来的，我不清楚，我只知道在经历了旅途的跋涉和红尘的奔波之后，这样的生活是最入心的。

走在西街上，总有一种购物的冲动。不是由于西街的东西特别珍贵，而是因为太想把西街的情调和韵味带进自己的日子。我给老婆买了一个包，上面印有"桂林风情"字样，只要5块钱，价格低得让我都不好意思讨价还价。正在我准备付钱的时候，一个老外跑了过来，翻起了旁边的衣物，五十来岁、一身乡土气息的女摊主立即用英语发问："先生，您要点什么？"让我惊讶得差点把包掉到地上。据说西街的商贩人人能说一口流利的英语。这我非常相信。一条五百多米的街，外语培训学校就有两三家，没有充足的生源，谁敢这样做?

  我们的生命需要美山胜水的擦拭,也需要人文情怀的抚慰。我喜欢西街,喜欢它的平和与雍容,喜欢它对文化的包容和对路过的每一个生命的出自内心的尊重。西街,我生命中永远的精神天堂!

时间的玫瑰

大自然的奇妙真的无法用语言形容，同样是树，生长在不同的土壤上就有不同的形态，有的挺拔，有的低矮；有的树冠开阔，有的树冠窄小，树叶的颜色更是丰富多彩，有深绿，有浅绿，有橙黄，有紫色，还有浓艳欲滴的殷红。

我对红叶情有独钟。20多年前，我在湖南师大读书，师大的房子高高低低散落在麓山上，有如走进了别墅群。秋天枫叶红的时候，我最喜欢约二三好友，走向山的深处，在枫树下一边读书，一边饱餐红叶这时间之玫瑰的秀色。麓山的枫树数量多，往往成片，经霜后的枫叶色泽特别纯净，叶面只有润润的红，没有一屑斑点，连背后那几根长长短短、大大小小的叶筋也红得那样通透。我的母校几十年来出了相当一批优秀的作家、艺术家，我想这与麓山红叶的长年浸润有关。

大学毕业后，我被分配到省内一所高校任教，离红叶远了。印象里只有三次近距离地接触过红叶。1990年，我去北京参加一个诗人笔会，那时正是初冬，我兴致勃勃地前往香山观赏红叶，到了目的地，只见枫树枝头光秃秃的，原来香山的红叶比麓山的要早红二十至三十天，麓山的枫叶红得正透，香山的枫叶早就香消玉殒。香山脚下有压膜的红叶卖，比女人的手掌还大，我没买，我觉得自己看红叶是要看一种气势一种精神，而不是一片单独的叶子。何况，把红叶那么好的东西当商品卖，也亵渎了它的那份清雅。我好后悔没有早一点从家里动身，以便在长沙停留几天认真看看麓山的红叶。

2003年秋天，省里办了个中青年作家班，我有幸接到入学通知。作家班的课程全是安排的讲座，自由活动时间极多。11月中旬，我专程去了一趟麓山，朝拜心仪的红叶。我先是站在湘江一桥上远远地赏读，万绿之中，星星点点地缀着一些红叶，就像一棵棵石榴树上开着一朵朵红色的花。后来找了熟悉的一条路上山，路还是原来的路，枫树却比我读大学时少了许多，不觉间，心生一种失落。

又过了几年忙忙碌碌的日子，今年11月我决定再度造访麓山红叶。我这次是选择沿国民革命军七十三军烈士纪念碑方向上山，虽是枫红季节，路上碰到的红叶似乎比2003年更少，走上十几、二十分钟，才能在绿色乔木与灌木的重重围困中碰上那么一两株孤独得让人想一把抱住的枫树。飘摇的红叶虽然还如朝霞一样耀眼，却少了一份雍容的贵族气，多了几分重重压抑下的猥琐和无奈。退到山脚眺望大山，感觉麓山的红叶就像一个人穿了一件大绿的衣服，偶尔缝了个红纽扣。于是，私心里总期望麓山还有大片的红叶没有被我发现。

从自然形态看，麓山实在平淡无奇，它没有气势雄伟的瀑布，缺少造型丰富的溶洞，更无直刺云天的奇石奇峰，它在我们心中的地位所以这样神圣，主要因为两个元素：一是辛亥革命烈士蔡锷、黄兴等先烈的坟墓，抗战时期国民革命军七十三军烈士纪念碑落脚在此，这些珍贵的历史遗存为它增添了文化的厚重，时时引发我们对民族出路的思索；二是秋天满山的红叶和山脚下的湘江赐予了它灵气，使它经历过那么多历史的苦难和忧伤，依然显出一种沧桑过后的淡定、笑看风云的豪情。

麓山红叶是岁月的经典，是湘人性灵的象征，也是我们心中永远不灭的梦想和希望，我相信，只要每个人都对红叶存一份虔诚，万山红遍、层林尽染的美景一定会再度走进我们的日子。麓山，让我为你祈祷！

与海相拥

一向喜欢博大的事物,比如大山、大江、大平原、大海……我觉得:只有博大的事物才有磅礴的气势,也才能使我们的胸襟变得开阔,灵魂变得圣洁。我从小生长在山区,见惯了连绵的大山;我曾去北方出差,也约会过大江、大平原;但生活在江南内陆的我从来没有领略过大海的壮美。看海于是成了生命中一种挥之不去的情结。

然而,旅游永远是有门槛的,这门槛就是闲时、闲钱。我有闲时,除了别的职业拥有的假期,还有让人羡慕的寒暑假,只是缺少闲钱。谋稻粱于一所三流大学,一年到头难得出一次差,公费看海几无可能;自费呢,许多年我全部收入就是那一点微薄的薪水,这几个钱要吃饭、穿衣,要准备孩子的学费,要赡养父母,每一分钱都预备了去处,谁敢轻易挪用?

但我对海的热爱却不因一时看不到而改变。影视里关于大海的镜头，我一定要认真欣赏；小说、散文里写海的文字，我绝对会仔细拜读。18年前看过法国作家洛蒂的《冰岛渔夫》，我至今记得其中一段文字："一阵寒气逼人的微风，开始在静止的水面的某些地方吹起波纹，在它光亮的镜面上绘出蓝绿色的图案，或拖长成条状，或张开如扇形，或枝枝丫丫化作珊瑚的模样；这些变化都带着轻微的响声极快地完成，似乎是一种觉醒的信号，预示着这无边的麻木状态即将结束。天空揭开了它的帷幕，变得明朗起来；云雾重新降落在水平线上，聚集成一堆堆的棉状物，像是环绕着海的柔软的围墙。"小说写大海涨潮前暂时的宁静，美丽而又细腻。

最近一些年每年要发表不少文章，"庭院经济"上了一个台阶，算是有了几个"闲钱"，在深圳一家公司工作的姨妹又盛情相邀，今年7月，我决定带着一家人去看海。

我们计划先去深圳市小梅沙海洋世界，那里的水族馆有鱼、鳖、珊瑚、虾等各种海洋生物，其他场馆还有动物表演。遵姨妹之嘱，我们一家先在大梅沙下了车，然后步行去小梅沙。天气很热，太阳像烧红了的铁球在空中滚动着，每一缕空气都那样炙人。去小梅沙的路差不多全部筑造在悬崖上，行人道极窄，我与妻女一边小心翼翼地走着，一边将目光投向路下的海，大海茫茫无边，海浪一波接一波地冲击着岸边的礁石，远处停着三四艘还没有来得及进港的船，透过淡雾，隐约可见船上飘扬的五星红旗。

小梅沙的海洋世界美不胜收，我们不敢得得太疏忽，回到大梅沙时，已是下午四点多。此时，太阳收敛了自己的疯狂，天空黑得像包公的脸儿，那是台风到来的前奏。但我们还是决心去海滩边看海。刚踏进大梅沙海滨浴场的沙滩，却听到广播里一声急过一声地喊着:"各位游客请注意,台风即将登陆,海滨浴场已关闭,公园已悬挂黄色信号旗,请大家立即离开海滩。"然而,游泳的人似乎没有怎样理会警报,还是在海里尽情地嬉戏着。我们一家从未感受过台风,因此伫立在黄得像柁果一般的沙滩看大海咆哮的模样。六七米高的海浪跳着脚步错乱地舞蹈,然后"唰"的砸在海面上,接着又以闪电般的速度在激荡中矗起,一层层地推向海滩,滩边的海水像是一块巨大的白色塑料布被无数双手愤怒地撕扯着,在海边游泳的人几乎都被击打得四肢朝天。巨大的涛声像炮弹的袭击,又像无数大楼在瞬间倒塌。妻子和女儿看得入神,想离得近些,我一把将她们拉了回来,人的力量大不过海啊!在海边待了不到十分钟,我不得不招呼家人返回。

到底有些不甘心!临回湖南的前一天,我与妻一起又乘车去了大梅沙海滨浴场。海滨的人成千上万,有本地人,也有外地的旅游者。海滨到处支着租来的帐篷和太阳伞,帐篷里和伞下有塑料布或草席,旁边是各种各样的食品。我们没有租用公园的东西,一方面是因为同去的人太少(女儿去了欢乐谷玩),不合算;另一方面也想迫使自己在海里尽可能呆长一些,少留些遗憾。那天天气极好,海水微笑着撕开了自己蓝色的内衣,水面看不到一丝波浪,海底的沙柔柔地在脚底游走,踩在上面就像踩在一堆刚刚弹掉籽儿的棉花上。我在海水里一个劲地穿来穿去。海水凉凉的,盖在皮肤上,像有千百个电风扇在吹,要多舒服有多舒服。只是,双腿受到的阻力惊人地大,只玩了一会,就有些疲劳。然而,我们不管这些,时而从这头奔到那头,时而从浅处跑到相对的深处,覆盖在身上的水射出一线线薄如蝉翼的洁白的水花,实在妩媚极了!我与妻一玩就是五六个小时，走不动了，才恋恋不舍地离开。

十天时间一晃而过，如今的我又回到属于自己的城市，依然过着往昔的读书、写作生活，倦了就去看看楼，望望远处的树，不过，我相信现在的我已经与从前有了很大的区别：我的心里装进了一片真正的海！

大自然的老师

那棵树静静地站在窗外,天天以含笑的目光望着我,似乎有无数的话想说,一时又不知从何说起。

我不知道树的名字,只知道它的树干挺拔,树冠茂密得似乎可以在雨天当伞用,树的叶片长长瘦瘦,有点像桃叶,但比桃叶光滑,也更富有质感。

树是单位栽下的。早年住所背后是一个小山坡,单位推平山坡建了一栋高知楼,在高知楼与原先的住宅之间栽了一排品种相同的树。我曾就它们的"姓名"问过一些老先生,但他们的说法不一,有的说是蜡树,有的说别的什么树。十三四年过去,我依然没有弄清眼前这棵树的品种,树却并未因我的无知停止生长,刚栽下时,它是一棵小孩高的小树苗,现在它已高过四层楼,树干也变得像海碗一样粗大。

我喜欢这棵树,喜欢它的特立独行。春天来了,树儿没有特别的欢喜,别的树喜欢开花,但它没有,只是任性地绿着,颇有一种八风不动的味道;冬天来了,其他树,比如桃树、法国梧桐、杨树什么的,将叶子剥得干干净净,它依然翠翠绿绿。就算脱叶,也要等到春天生出了新叶才进行,其老叶红得像血,总使人想起英雄、刚烈之类的字眼。

这棵树也是寂静的。它不露痕迹地生长着、挺拔着,让你不经意间看到它的温情。它不像梅花,一定要在万物肃杀的时候放出那么几瓣灿烂几缕馨香,生怕你忘了其高洁;也不像枫树,每到秋天都要将自己装扮得如一个绝色美人,唯恐生命有一丝寂寞;更不像椰子,总是不自量力地想把身体拔高到与白云相同的程度,幻想不能实现,就结那么一个大家伙悬在行人的头顶,使你每次走在树下,都担心被击到。这棵树知道,所有外在的繁华其实都是给别人看的,真正伟岸的生命即使内心波澜壮阔,外表也应该平淡如水。

我最欣赏的还是树的宽厚。当它还是一棵只有米多高的小树时,附近的鸟儿就纷纷来做客,鸟儿有的站在枝丫上,有的站在叶丛间,我从没见树说过一个不字。等树儿稍稍长大些,经得起各种各样的大鸟的重量了,它开始允许鸟儿筑巢,最先是燕子的,麻雀的,后来是喜鹊的,再后来我不知道是什么鸟的了,反正比三个燕窝还要大。无论鸟们归巢在白天还是黑夜,无论住在窝里的是一只鸟还是一个鸟的家族,树儿都永远笑脸相迎。这是一种怎样的无私啊,承担着别人的生存之责,却不索取任何报偿,哪怕是一句"感谢"。西方人膜拜上帝,中国人崇敬菩萨,一棵树不是最好的上帝和菩萨吗?

我常常想，人真的应该向一棵树学点什么，比如学习它的寡欲，学习它的付出，学习它的为自己的心情生活……当人看淡得失，只追寻灵魂的方向的时候，我们其实比我们面对的所有事物都要高大。毕竟世界上没有一种生物比人更聪明、更富有创造新奇事物的能力。人类的问题其实是心灵的问题，心纯净了，世界也就安全了，生活自然也会变得无限美好。

我要感谢卖给我这套房子的单位，也要感谢那些在我的住宅背后栽下这棵树的单位的后勤员工，他们在无意中给我们介绍了一个可以长久相处的老师，让我每天可以默默地反省自己。

人生其实永远需要这样一些大自然的老师。

大自然的"想象力"

我一直非常欣赏人的想象力，没有想象，我们就不可能拥有高度发达的现代科学和美轮美奂的文学艺术，不可能创造出城市、街道、汽车、电脑、宇宙飞船这样标志着人类超越自然局限的东西。

人来源于自然界，人的想象力其实是对自然"想象力"的一种摹写。大自然的"想象力"，就是自然造物时的创新、求异能力，它无所不在。大地上的山峦，不管是名山还是非名山，山山相异，有的阳刚，有的秀美；有的怪石嶙峋，有的青翠欲滴；有的平缓，有的陡峻。大地上的河流，表面上似乎有规律，比如南方的河流清澈，北方的河流浑浊，南方的河落差大，北方的河落差小。不过，认真观察之后，你会发现：每条河其实都是不一样的，有水浅的，有水深的，有河床相对平缓的，有河床犬牙交错的；有四季水量变化很大的，有一年水量变化极小的。我们身边的树木、花朵亦各尽其妙，品种与品种之间相差悬殊不说，即使是同一品种也各具个性。除了杰出的造型功夫，大自然还是一个优秀的音乐家，比如同样是下雨，城市的雨声音硬邦邦的，乡村的雨则充满柔和的音调；山野的雨声混沌，河湖里的雨声清脆且伴有一定的回音；再比如一样是刮风，城里的风大都是噼噼啪啪的噪音，而乡村的风经过林子的传送，则有着进行曲的旋律……人类创造的东西往往是批量生产的，长短大小一模一样，而大自然造化出的东西没有一样完全重复，尽管它们有时显得那么相似。

大自然惊人的"想象力"，一方面丰富了我们的审美生活，另一方面也为物种的生生不息提供了有力的保证，基因需要遗传，更需要变异，否则，物种就会退化，大自然牢牢记住了这一点，因此，它总是不断地逼迫自己创新、再创新，千百年来，由于大自然的懒惰淘汰的物种是非常少的。

尊重大自然的"想象力"，在它面前保持必要的克制，让人类的生存与自然的延续取得和谐，也是人文伦理的基本要求。人是一种智慧动物，永远不会满足于原始时代茹毛饮血的物质水准。在人类向幸福快乐生活行进的过程中，我们当然可以利用自然提供的潜力，使自然在人类的物质进步中发挥作用；同时，我们也应该聆听自然的声音，包容大自然独具特色的"想象力"，只有这样，自然才会不断地自我更新，我们的生命也才能长久地享受山山水水间最原始的诗意。

遗憾的是，生活中伤害大自然"想象力"的事情却随处可见：好好的一块美石，他偏偏要敲掉一只角；娇艳欲滴的一丛花，他就是要把它摘得一干二净；清清澈澈的一条河，他故意把污水排到里面。有些人总觉得大地无边，自然资源无限，地球非常宽容，自己怎么做，都不会受到惩罚，殊不知大自然从来不是哪一个人的大自然，如果我们大家都善待它，自然的"想象力"会如泉喷涌，我们拥有的自然环境非常优美；如果我们毫无顾忌地伤害它，大自然只会变成残枝败柳，让我们尝尽苦果。

一个尊重大自然"想象力"的社会才是有明天的。

永不远去的背影

　　脚下的江水激情奔涌着，高低有致的水声和两岸挂着红灯笼的吊脚楼一起诉说着那些发生在七八十年前的故事：豪爽的水手、放荡而又多情的船妓、知情重义的沿岸人家……时值仲春，岸边的柳树好像随时准备将浓绿泻下来似的。我跨过沱江，怀着一种朝圣般的心情，悄悄走近了位于凤凰古城中营街一座具有南方特色的四合院。

　　房子正门悬着"沈从文旧居"的牌匾。四合院分前后两进，低矮的院子正中是一方红石铺成的小天井，天井里立着一个供消防用的大约可以盛半吨水的大水罐。四合院大大小小11间房子，都用火砖砌封。房屋是汉族传统的穿斗式木结构，以一斗一眼合子墙封砌，徽式马头墙装饰，门窗都镂着精致的动物或花卉。这座四合院是沈从文先生的祖父沈宏富于同治五年建造的。沈宏富曾任贵州提辖，经济上较为宽裕。不过，就建筑而言，沈从文故居不见得如何出色，我参观过张谷英大屋，欣赏过曾国藩故居，它们建筑之精妙都在这座房子之上。沈家四合院真正的价值在于从它的怀抱里走出了一代文豪沈从文。

故居进门处正墙上挂着沈从文先生的画像和有关他的介绍。在那个流行写革命题材的年代，先生以他独有的平和、从容，有滋有味地讲着他的温馨浪漫的湘西故事，他经历过无知的误解，遭受过恶意的诽谤，然而，历史不会永远被人操纵，当时间走进二十一世纪，当年许多风云人物风光不再，先生作品独特的价值却越来越吸引着海内外读者，先生故居如织的游人本身就是一种有力的诠释。天井左侧的房间陈列着先生著作各种版本，有大陆出的，也有海外出的。第二进正厅摆着沈从文先生的半身汉白玉雕像，慈眉善目，为著名雕塑家刘焕章所雕。已化为雕像的沈从文先生微笑着看我们走进这座房子，目送我们一一参观他过去的卧室，走出凤凰后用过的床铺、书桌，给世人留下的著作手稿，一如生前一样谦和。

去沈从文墓地，则是在参观故居的前一个下午。那天上午游览南长城归来，时间非常充裕，于是把计划第二天去看的沈从文墓地提前了一天。我对凤凰不熟，幸好有在凤凰县政协退休的一个老先生为我指路，老先生说：沿从文广场旁一条街笔直行走一公里半即可达墓地。从文广场不是广场的正式名称，据说当年县里有意将广场定名为此，但沈从文先生坚决不同意，县里只好采取变通措施，不给广场命正式的名字。在凤凰，有个怪现象，谁都知道从文广场在哪里，但广场并没有竖牌子。我不得不佩服凤凰人的聪明，一方面他们尊重了从文老人低调的愿望，另一方面他们又以口口相传表达了对这位伟大的文学家的至高敬意。

走了不足二十分钟，沈从文墓就到了。先生的墓地位于听涛山下，平淡至极。左侧石碣上嵌着"沈从文先生墓地"字样，正前方的石碣上有一块高七八十公分、长约米余的条石刻着先生生平，再走几个石阶，左拐弯处是黄永玉题写的沈从文先生的一句名言："一个士兵要不战死沙场，便是回到故乡"。文坛不是沙场，但同样充满了阴谋算计、尔虞我诈，先生没有战死在文学的"沙场"，他终于回到了故乡，而且是大回，一回来就永远不走了。先生最后之回凤凰虽是家乡政府和他的家人代为安排的，我想应该符合他的心愿，先生一直以"乡下人"自居，出外闯荡几十年，一刻也没有忘记过家乡的山水人物，与城里的一些人事总是格格不入，把人生的归宿地定在这里，难道不是最合适的吗？墓地的标志是一块凹凹凸凸的天然五色大麻石，麻石正面刻着先生自己的话："照我思索，能理解'我'；照我思索，可认识人"，背面是他的姨妹张充和女士的一副挽联："不折不从，亦慈亦让；星斗其文，赤子其人"。墓地没有墓塘，也不见墓堆，我怀疑是否另有墓地，一个姓廖的老人告诉我：这就是墓地，他说墓坑当年就是他挖的，有两尺多深，挖后抚平，铺了小石板，就成了道路。我不禁佩服沈先生家人和凤凰人对先生心灵的理解，的确，只有这样毫不起眼的墓地才符合沈先生一贯的行事风格，才可以安慰沈先生已经落脚于故土的英灵。

沈从文先生已经抛却这个世界的一切，我们不可能再看到他的面容，唯一能感受到的是他愈益高大的精神的背影，这种背影从未远去，也永远不会远去。

第三辑 生命，栉风沐雨的栈道

生活没有固定的高度，这就给了我们出类拔萃的机会；世上没有永远不变的风景，这就给了我们行走的理由。

怀才"待"遇

"与爱你和你爱的人别离/你的义无反顾,是全部的勇气/心中为你祈祷/天使的微笑,灿烂不息//我们在这里诞生/我们在这里懂得生命的意义/当灾难侵蚀母亲的肌体/我们依然爱你,永不分离//真英雄,不言败/万众一心,凝聚爱的力量/真英雄,不言败/同舟共济,托起生命的太阳。"

这首非常优美的名为《生命不言败》的新歌,曾出现在中央电视台抗"非典"公益片中,演唱者是著名青年歌手韩红。

韩红近几年的演唱成就非常令人注目,她的一些代表作,比如《雪域光芒》、《风雨中的美丽》、《青藏高原》、《喜马拉雅》、《格桑花开》、《你家在哪里》等在流行乐坛产生了广泛的影响,《风雨中的美丽》在中国歌曲排行榜连续四周问鼎,其个人专辑《雪域光芒》更是以其特有的纯粹、宁静以及微微的忧郁和感伤征服了广大歌迷的心。我在网上查了一下，从1998年以来短短几年，韩红就获得了包括第45届格莱美最佳女艺人奖在内的30来个有影响的奖项。

韩红的成功是不懈地与自我"作战"的产物。韩红出生于西藏日喀则，母亲雍西是著名的藏族歌手，最初的生活是幸福的。然而，命运的打击很快降临到幼小的韩红头上，不到6岁她就永远地失去了父亲，后来母亲又再嫁，韩红只好跟着奶奶、叔叔一起生活。她奶奶一边在服装店当裁缝，一边在街上卖冰棒，这点收入要养活家中五六口人，生活的贫困与艰难可想而知。1980年，韩红正式加入少年儿童合唱团接受正规训练。1985年参加全国首届金孔雀杯声乐大赛，获得北京赛区优秀奖。后来，韩红进入二炮演出队、文工团，可是文工团一些人觉得她潜力不够，形象也不好，她被迫退出文工团，在通讯站当总机接线员，一干就是十年。韩红始终相信自己总有一天会成为一名优秀的歌手。1995年，她考入解放军艺术学院音乐系，师从李双江，同年以创作曲目《喜马拉雅》获中央电视台音乐电视大赛铜奖第一名。1996年又连获文化部主办的中国歌手出国前选拔赛金奖、文化部、中宣部、中组部、广电部主办的歌唱"孔繁森"声乐作品赛创作金奖、演唱金奖。自此，韩红的演唱事业如日中天，除了美满的爱情，现在的韩红已拥有了一个歌手能够得到的一切。谈到自己曾经遭遇的委屈，韩红说："我不抱怨，我只觉得是怀才待遇，只要有机会就准能让我遇着。别让我真张嘴，让我张了嘴就能把好歌唱出来。"

"怀才待遇"，这句话说得真好！我们平常听得最多的是所谓"怀才不遇"，说自己"怀才不遇"的角色，十之八九喜欢埋怨上司、周围环境、社会评价机制。一些人因此整天无所事事、自暴自弃，然而，韩红——一个身材胖胖、长相不漂亮，也没有真正靠得住的社会关系的女孩，却以她对挫折、失败的独特理解，给了我们的传统思维当头一棒。

每个人都希望自己的智慧、才华为当世所用，超脱如荒诞派文学大师卡夫卡，也因发表作品四处受挫，最后留下遗嘱让好友烧掉他的全部作品，以表达自己对当时那个时代的愤慨。一个人遇了意料之外的挫折，一时对周围的环境生出点怨艾之心完全可以理解，但是，我们决不能过分地放大这种情绪，尤其是不能让它操纵你日后的生活，否则，我们怀有的那点才气就会变成一堆毫无用处的破纸烂铁。一个真正聪明的人懂得让自己从不利的环境中转身，四面出击，在自己的才华与别人的欣赏、社会的承认之间架起一条牢不可破的桥梁。韩红后来之所以考解放军艺术学院，参加各种国家级的比赛，就是这种心态的反映。没有"怀才待遇"的良好心境，没有了为使才华被"遇"从头再来的执着，韩红就不会有今天这一份成就。

世界是动态的世界，这就决定了我们永远无法完全按个人的意志决定自己的人生道路。当一个人的个体能量暂时无法释放，我们一定要坚守"怀才待遇"的良好心态，保持对生命、对事业、对环境的信心，为认定的目标始终不渝地付出努力。"怀才不遇"与"怀才待遇"差的只是一个字，锻造的却是两种完全不同的生命高度。

最好的人生

最好的人生是什么？大概很难有一个确定答案。对于晚期绝症病人，他心目中的最好人生是拥有健康，健康使他想吃啥可以吃啥，想去哪儿旅游就可以去哪儿旅游；对于孤儿，他的最好人生肯定是能够像别的孩子一样父母双全，父母之爱不仅可以让他免于饥寒，更可以让他得到某种心理上的呵护。

上面说的是特异人群，对于一般人呢？有人会觉得获得无尽享受是最好的人生，豪车、美宅不仅可以带来肉体的快感，更可以在他人面前显示面子。有人会认为拥有权势是最好的人生，权力这东西看不见摸不着，然而，一旦有了它，你在办公室时有人倒茶递水，你出外时有人打伞提包，要多神气有多神气。有人会感觉美色多多是最好的人生。"饮食男女，人之大欲也"，有的人对别的东西没有多少兴趣，工作三天打鱼两天晒网，也不管父母儿女的死活,唯独情人找了一个又一个,自己早已是年纪大得不得了的"老牛",依然偏爱十七八岁的"嫩草"。

好在生活中还有另外一些人,他们追求生命的精神质感。香港中文大学校长沈祖尧先生就曾在一次讲演中引用一句英文,告诉同学们:"当你出生时,你在哭泣,周围的人笑容满面;当你离开时,你在微笑,而周围的人都在哭泣——这就是最好的人生。"

仔细想想,沈祖尧的见解精彩极了!一个人出生,大家能高高兴兴围在你身边,至少说明两点:你的家庭不缺少衣食之资,不会为新添一张嘴发愁;你落生的社会和平安定,家人无须背着一个自己不会走路的小生命东奔西跑。然而,人的出生本身并不是目的,人生真正的意义在于:我们长大之后必须有所作为,以崇高的品德和卓越的才华服务于社会和他人,使你周围的世界感觉到你的不可或缺。印度诗人泰戈尔极其推崇个人对这个世界的责任,他在一首诗中说:果实的事业是尊贵的,花的事业是甜美的,让我还是做叶的事业吧,叶是谦逊的、专注地垂着绿荫的。只有当一个人为这个世界付出了足够多的东西,有一天命运让我们离开时,我们才会有底气微笑,社会和他人也才会对我们的离去感到惋惜、痛苦,才可能真心地为我们"哭泣"。苏东坡逝世,杭州、湖州百姓悲痛欲绝,相哭于市;京城数百太学生聚于慧林僧舍,举行饭僧仪式,寄托哀思;赣州僧人成群结队含着眼泪为他做佛事。鲁迅离世时,上海万人空巷,连那些从来没有读过他的作品的流浪汉都愿意垂泪送他一程,与他有点关联的人争相给他抬棺,就是证明。

最好的人生固然有因缘际会的成分。一个人永远无法选择自己的出身,假若出生能够选择,估计那些食不果腹的人一辈子都当不上父母，比尔·盖茨之类的大富豪一不留神就有成千上万个儿女。不过，出生不能选择，并不意味着我们不能好好规划出生之后干什么、怎么干。否则，我们就无法理解，同是寒门之后，为何有人一辈子唉声叹气、碌碌无为，有人事业风生水起、名满天下；一样出身名门，为何有人靠个人的努力闯出了自己的天下，有人躺在父辈的辉煌中过着行尸走肉的生活。正因为主观选择的作用远远大于天生的设定，一个人一旦获得精神上的最好的人生时才有那么多人尊敬、爱戴。

最好的人生，其实就是最有给予能力也最能奉献的人生。

你在什么地方错过了成功

几年前,学校有关部门举行了一次与读书有关的征文活动,面向全体学生,初审后留下了好几十篇稿子,我是终审唯一的评委。为了评得尽可能客观些,我把全部稿子通读了三遍,按感觉标上记号。读到第三次的时候,我发现自己有意将其评为一等奖的居然达到了5篇,有意评为二等奖、三等奖的分别达到了10篇、20篇,而根据组织者的规定,一等奖只能评2篇,二等奖只能评5篇,三等奖只能评10篇。我掂量了很久,才将结果定下来。

那次评审留给我的感触实在太深了。凭我作为一个写作者和大学文学教师的经验,这些学生里具有文学才华的应该有二十人左右,有中文系的,也有非中文系的,有文科的,也有理科的,换句话说,这二十个人只要按照目标一步步努力,都有可能成为作家。然而,事实告诉我,在鄙校的历史上,一个年级出二十个作家的事情从来没有发生过，不要说我们这样的普通二本院校，就是那些一本院校，那些211、985工程学校也同样极少发生。

按道理，文章写得好的，当年都是爱好文学的，为什么走到后来，大家又慢慢地远离了文学呢？我估计有这样几种情形，一是找到的别的路径比写作更有前途，不必吃那么多苦，又能得到高得多的回报；二是想做作家，但坚持下来实在太累，因此甘于平庸；三是做作家需要时间，但这些学生毕业后找的工作，缺的恰恰是时间。第二种情形应该更多一些。

成功的路有万千条，自然不必强求每个人都去做作家。事实上，一个杰出的作家并不比一个具有创新精神的农民、一个扫地洒水的清洁工人更伟大。不过，如果某个人有做作家的志向，却因为怕吃苦而放弃，不免有些遗憾。我们必须明白这样一个道理：获得成功自然是热闹的，让人开心的，但追求成功的过程却往往极其艰辛、平淡、寂寞，有时还得经历唐僧式的八十一难，如果不具备长远的眼光，没有"但问耕耘不问收获"的达观，你梦想的成功永远只是天边的彩虹，看起来很近，实际上遥不可及。

知道曾国藩吧，曾国藩是晚清杰出的政治家、卓越的军事家、出色的文学家，是人生的大成功者。但我们也许不知道，曾国藩这个人资质极其一般，他考个秀才都考了三次，比少年成名的李鸿章、张之洞不知差到哪里去了。做进士也不是靠前的那种，而是"赐同进士出身"。然而，曾国藩最大的优点就是坚持。比如每天读书、写字，从不间断；每晚都要在日记里反思自己当天做的事对不对；受命练勇不畏艰难，不怕他人掣肘，打断牙齿和血吞。正因为具备这种超人的毅力，他终于抵达了人生的辉煌。在有清一代，官做得曾国藩这样大的（位列六位汉人大学士之首、被清廷封为一等毅勇侯）、人品像曾国藩这样被后世备加推崇的，寥寥无几。

世界上有许多人都在羡慕别人的成功，有时还要酸溜溜地列出对方在成功之前所具备的那些优势，比如家庭富裕、父母文化素质高、具备某种背景等等。偏偏就是不知道，其实许多时候，我们也可以成功，我们也可以让别人羡慕。我们跟成功者相差的最显著的地方不在家庭的富裕，不在父母的文化，不在各种背景，而在于我们不敢去吃别人那么多苦，不敢去受别人那么多累，不敢像别人一样将前程押在某个看准的地方。

或许，就是在那些犹犹豫豫的时刻，就是在那些畏畏葸葸的地方，你错过了成功。

按自己的节奏奔跑

朋友患有高血压、脂肪肝,医生嘱他多锻炼。怎么锻炼呢?他不喜欢打篮球,也不会踢足球,对单杠、双杠之类更是手生得很。他选择了跑步,他觉得跑步的技术含量最低,也相对安全。

每到黄昏,大学的田径场里总是熙熙攘攘。这个学校有体育系,还有其他系也要开设体育课,白天田径场是要用于教学的,只有早晨8点以前与晚6点以后可以向公众开放。因此,这两个时间点人也最多,有慢走的,有快走的,有慢跑的,有快跑的,还有倒行的。朋友在田径场经常遇到熟人、同事。按理,结伴锻炼最好,一方面该做的运动可以做,另一方面因为可以说说话,时间也相对容易度过。然而,说也怪,朋友一般都是一个人独自锻炼,有时是慢跑,有时是快走。我问他原因,朋友说:我是有高血压病的人,锻炼需要有自己的节奏,太快,身体受不了;太慢,又起不到作用,只有独自走才能把握节奏。

我佩服朋友的智慧，他能一反别人通行的做法，根据自己的实际情况决定锻炼方式。我相信，有了这样的智慧，他在其他方面也能如鱼得水。

生活的考验无所不在，许多外在的因素常常会干扰我们的心志，这个时候，我们最需要的是按自己的节奏奔跑。你喜欢写作，觉得文字发表之后能够影响别人，让自己的生命与别人的生命交融在一起，现在有人不喜欢写作的艰辛，只想通过炒作获得自己的名声，他们"成功"的节奏明显会比你快些，你如何选择？你执掌了一方土地，老百姓希望你干实事、做长远的事，但实事、长远的事有时候是隐形的，不像大广场、大园区能被领导直接感受到，你可能会因此丧失一些被提拔的机会，你怎么取舍？你是个商人，商人以赢利为天职，现在有人通过制造假冒伪劣产品或者变相将国有资产据为己有发大财，你该不该按下躁动的心？在我看来，一个人在文坛也好，官场、商场也好，完全不思进取当然是不好的，但如果我们一味地追求"快节奏"，以至让肉体跑在灵魂前面，这样的奔跑是一定会出事的。

按自己的节奏奔跑，说起来是一句话，做起来却费神费力。首先我们得有足够的智慧。眼前利益是谁都可以看到的，眼前利益可以化为生活的享受也是谁都清楚的，只有聪明的人才知道如果眼前利益与长远利益发生冲突，应该选择长远利益。曾国藩当年打败太平天国时，有多少人劝他做皇帝啊，但曾国藩始终"按自己的节奏奔跑"，只选择做一个总督，通过这个换取了曾氏后人一代代的平安与优秀。如果曾国藩想要快节奏，像吴三桂一样非要弄个皇帝的头衔,他一定能做到保家全身吗?

生活中有一个很奇怪的逻辑:一个人按照别人的节奏奔跑,别人做什么你做什么,别人不做什么你不做什么,生存压力反而少些;而若选择特立独行,按照自己的节奏奔跑,那些批评、指责你的声音突然像苍蝇一样冒出来了。这个时候我们要有勇气坚持自己,你要相信自我的选择是正确的,是经得风吹雨打阳光晒的,你要继续自己计划实施的行程,将没有跑完的路程一段段跑完。如此做了,你的世界才会与众不同,生活也才会最终给你最美的微笑。

按自己的节奏奔跑,其实就是依自己的内心生活。

以义为利

人只要活在这个世上，就会面临利与义的煎烤。利者，利益也，它更多的是指物质利益，即金钱、美色等可以愉悦肉体的东西。生活在尘世，既然做不到完全舍弃饮食男女，有逐利冲动也符合人性。义者，温暖他人的举动也，比如拯人于饥渴、救人于水火，它与一个人内心的真诚、善良、利他意识有关。它应该是一种更高级的人性。

这个世界上永远有着使人心生景仰的人。1909年，肃亲王善耆想请人为吴可读画一幅像，有人向他推荐画家陈半丁。肃亲王非常欣赏陈半丁的才华，甚至劝他入部为官。此事虽然由于种种原因最后未成，却使陈半丁非常感动。1922年，肃亲王在旅顺病故，为报知遇之恩，陈半丁在大连举办了两次个人画展，卖画所得的数十万元（旧币），全部做了肃亲王灵柩返京的开销。

陈半丁这样做，是在实践自己的人生哲学，他曾篆刻过一枚椭圆形的印章、"以义为利，不以利为利也"。

生活中像陈半丁这样以义为利的人还有不少，比如著名书画家启功曾捐巨资在北师大设了个"励耘奖学助学基金"，用以奖励那些品学兼优的贫困大学生。比如胡适为了解决章希吕的工作，就请他到家里为自己编辑文稿，并开给他比外面高得多的工资；他曾无私资助陈之藩、林语堂等人留学，自己出钱为贫寒的小贩袁瓞治病，并留下过"要留利息在人间"这样的话语。

以义为利很伟大，可以给他人带来幸福与快乐，但它也需要环境的催生。我研究过上述这些喜欢行善之人的经历，他们一般都在人生的特定阶段得到过别人的帮助，这种他人给予的温暖与他们日后的为人处事极有关联。在启功面临生存威胁的时候，北师大前校长陈垣曾经无私帮助他，先是将没有学历的启功推荐进中学，还手把手地教他怎样上课，后来更是将他直接引进北师大。说没有陈垣，就没有后来功成名就的启功，绝对不是一句假话。启功设立的奖学助学基金以"励耘"命名，"励耘"就是陈垣的书斋名，陈垣当时早已过世，启功用此名的目的，就是要纪念对自己一生影响极大的先师。

胡适早年也曾感受过他人的善意。1907年5月，就读中国公学的胡适因患脚气病回乡养病，正好与长他两辈的族公胡节甫同行。16岁的胡适因为脚肿无法走路，只好以轿代行，68岁的胡节甫步行陪伴他，边走边聊天，一天走了60里路。1915年末、1916年初，胡家接连举丧（胡适的大姐、大哥和岳母去世），胡节甫两次寄给胡适母亲冯顺弟各五十银圆予以资助。

陈半丁出道时卖画不顺，其师为之站场更是传为艺坛佳话。吴可读画像完成后，陈半丁迁出肃王府，在京卖画为生。然而，因为他初入京城美术圈，不为人知，前来购画者寥寥无几。远在上海的吴昌硕对爱徒在京之处境极其忧虑。1910年，67岁的昌硕先生特地赶到北京，为陈半丁介绍各种关系和画店，并在琉璃厂纸店亲笔为其书写润格，称其"性嗜古，能作画，写花卉、人物直追宋元，近写罗汉变幻百出，在佛法上可称无上妙谛，求者履盈户外……"在京数月中，还为半丁治了不少印，其中相当部分为吴篆陈刻，以示器重。陈半丁的名声从此日甚一日。

是的，义不能单靠高尚者先天觉悟，它需要我们每一个人用自己的双手去激活。行善、仗义最容易出现马太效应，大家都去行善，大家都为人仗义，一个社会就会有许多人以义为利，开开心心帮助别人，得到帮助的人日后也会毫不犹豫地加入行善、仗义的队伍，我们走在夜里都可以看到蓝天。相反，如果人人都自私，随便做件什么事都要考虑自己能不能得到好处，见利忘义就会层出不穷，那些原本以义为利的人也很可能改弦更张，变得冷漠自私，整个社会一片冰雪。

其实，如果我们跳出物质利益的藩篱，就会发现，陈半丁的"以义为利"并非只是一句高尚的口号，而是客观的事实。一个人仗义，帮助了别人，让他人摆脱了困境，看到了明媚的阳光，别人高兴，我们的奉献也就有了意义与价值，你的心灵就有了几分安适。世界上还有什么东西比内心的安适更重要的呢？其二，行善、仗义这种东西是特别能给人好感的。你帮助了别人，别人会对你生出感激甚至报答之心，你也就有了好人缘。你今后遇到困难的时候，向你伸出援手的人就会多起来。这样的"好人缘"自然更是一种利了。

从某种意义上说，以义为利其实也是一种大智慧。

谁的内心没有疤痕

有个朋友现在是服装店的小老板,离大富大贵还有一段长长的距离,但温饱早就不愁了。朋友以前的生活在我们看来真是惨不忍睹:五岁死了父母,依傍年迈的祖父母过活,挨过饿,受过冻,成年后下过最危险的私人小煤窑,站过一不留神就可能被绞断手指的流水线,还被非法小鞭炮厂炸断过胳膊。然而,说也怪,朋友一贯笑声爽朗,从来不把艰难挂在脸上。我问他为何如此乐观,朋友说:不就是在成长过程中遇上了一点事吗?谁的内心没有过疤痕呢?

每个人的内心都有疤痕,这是我的朋友对生活的理解。确实,人的一生路途遥远,在生命的跋涉中,谁敢担保自己不遇上点风雨泥泞、绝壁深壑?对于我的朋友,他的疤痕是肉体上的,比如少时的贫穷生活,成年之后最初一段时间的危险四伏;对于另一些人,他的疤痕可能是精神的,比如年少的不受重视、怀春季节的失恋、学业的挫折、工作的失意……

　　说到生命的疤痕，那些牛皮兮兮的人物未见得一定比我们少。林语堂年轻时非常爱同学的妹妹陈锦端，陈锦端也特别喜欢他，陈锦端的父母却嫌林语堂是一个穷传教士的儿子，不愿将女儿嫁给他。不得已，林语堂只好跟廖翠凤结婚。林语堂最可贵的地方在于：他能够"无视"灵魂的疤痕，沿着既定的路走下去。失恋后，林语堂先后去了耶鲁、哈佛、莱比锡等世界知名大学留学，回国后历任清华大学、北京大学、厦门大学的教授，后来又出了国，任联合国教科文组织美术与文学主任、国际笔会副会长。除了职业上的成就，林语堂还是杰出的文学家，写有《京华烟云》《生活的艺术》《吾国与吾民》等非常有影响的作品。可以毫不夸张地说，如果没有那一场著名的失恋，林语堂的精力未必能如此集中，他的心智也未必能发展得像现在这样酣畅淋漓。

　　身上有疤痕并不可怕，疤痕只是人生的一个疵点、生命的一个小小的停滞，它不会妨碍你整体的健康，更不会挡住你走向梦想的双脚；真正可怕的是我们内心放不下这个疤痕，总是一遍遍无用地哀叹没有这个疤痕我会如何如何，现在有什么办法可以遮掩这个疤痕，这样，我们势必会将许多宝贵的时间浪费在不产生任何生命效益的事情上。我的朋友与林语堂是聪明的，他们知道：无论你愿不愿意，生命的疤痕是永在的，但我们可以不去管它，通过在别的方面获得的快乐抚慰自己。

　　其实，一个人想"无视"内心的疤痕并不像我们想象的那样难，它不需要投入巨额资金，更不需要上刀山闯火海，它要求于我们的不过是一些心灵的调料。首先一个人得有点心理硬度。男人也好，女人也罢，既然你已经决定到这个世间走一遭，你就不要期望这个世界对你处处是笑脸与鲜花，碰破一点皮，流一点血，自己包一下就是。只要脑子还能想，手脚还能动，你就有咸鱼翻身的机会。我的朋友与林语堂之所以值得人们称赞，并不是因为他们消灭了疤痕，而是由于他们具有一种"打掉牙齿和血吞"的硬汉气质。正是这种心理的硬度让他们的生命变得柔软，能够适应复杂的世界。

再一个，我们必须学会有点"出息"。这里的所谓"出息"，不是一定要做多大的官、出多大的名、发多大的财，而是应该有一种让自己安身立命的东西。当大官、出大名、发大财，是少数幸运者才能做到的事，但拥有一种东西安身立命的能耐不算困难。比如你是农民，不妨做个本乡本土的种田能手；你是工人，不妨成为次品率最低的巧匠；你是老师，不妨成为被学生爱戴的好园丁。有了一种东西可以安身立命，你的内心就会多些安慰，对疤痕不会那么在乎。生活告诉我们：有本事引领生命穿过万水千山的心灵，才有本事引领自己走过内心的黑夜。

每个人的内心都有疤痕，学会了"无视"它，学会了以光芒四射的其他事物"替代"它，我们也就有了一个光洁、妩媚的人生。

生命的边边角角

做家具时剩了些边角余料，大大小小都有，那些大芯板小的长宽只有两三寸，大的有两三尺。我喜欢买工具，住在旧居时，积攒了大堆的各种型号的扳手、起子、钳子、锤子，平时散放在水泥搁板上，因为搁板还放了其他一些杂物，找起来很费事。搬了新居，连搁板都没有了，只在入户花园设了个不大的贮存柜，妻于是请木工师傅用余料做个广口的工具箱。我一用，嗨，真是方便极了！平时需要什么工具只要到箱里一找，一定找得着。

认真想来，木板的边边角角固然值得利用，其实最值得利用的还是生命的边边角角。人生在世，总要做些主要的事，这些事占据了我们大量的时间，除了这个主要的事，我们一般还有些空闲，这些空闲，有的是空的精力，有的是空的时间，有的是空的关注点……只要好好地利用它们，我们就可以创造出许多奇迹，让生命呈现奇光异彩。

曾国藩,这个名字老熟了,许多人一提到他,首先想到的是他如何对付太平天国,然后是怎样经营洋务运动,然而,政治家、军事家只是曾国藩生命的主料,此外,曾国藩善于写散文,他的散文深受桐城派的影响,说理充分,文字清丽,在当时的文人圈拥有相当的声名;曾国藩的诗写得不错,不少诗歌颇耐咀嚼,称他为诗人决不过分;曾国藩的毛笔字也写得挺好,师友争相收藏,如果放在今天,做个中国书法家协会会员绰绰有余;他还善于教育子弟,《曾国藩家书》是非常出色的家庭教育教材,他的后人英才辈出,打破了"富不过三代"(这里的"富"可以理解为人生成就)的魔咒……一句话,曾国藩将个人才华的边边角角也经营得不错。

生命的边边角角有一点与木板不同,木板是死的,主料就是主料,边角就是边角,而生命的边角与主料有时却可以相互转化。周树人一生做过绍兴师范学校校长、民国政府教育部的佥事、北京大学与北平女子师范大学的兼职讲师、厦门大学及中山大学教授,然而,大家更多的只是知道民国时代有一个笔名叫鲁迅的作家,他在《申报》《语丝》等报刊上发表了大量小说、散文、杂文,并出版有《呐喊》《彷徨》《故事新编》《朝花夕拾》《野草》《坟》《且介亭杂文》等许多著作,人们评论周树人,有说文学家、思想家的,有在此基础上再加一个革命家的,没有谁认为他是个教育家。坦率地说,与其时的蔡元培、梅贻琦、胡适、傅斯年等人相比,周树人在教育上的建树确实不算很多。周树人将生命的边边角角变成了美丽的主料。

人固然要重视生命的主料,职业在一定意义上决定着我们的人生走向，主要的才华影响着我们的人生成就，然而，我们也断不可以轻视生命的边边角角。毕竟主料往往是关乎功利的，它未必能让我们的灵魂得到满足；而边角却是关乎性灵的，它是我们内心里想要做的事。经营好了生命的边边角角，我们的人生才会摇曳多姿，我们的世界才可能最大限度广阔。

人有三个自己

人是一种善于区分的动物,进行生理上的区分犹嫌不够,还要进行社会、文化、经济、宗教等等方面的区分。然而,一个人与另一个人无论多么不同,有一点是共同的,他们都必须面对三个自己:灵魂深处的自己,以言行表现出来的自己,别人眼中的自己。

每个人都有一个灵魂深处的自己。这个自己或许杰出,或许平凡,或许高尚,或许卑劣,或许真诚,或许虚伪,或许志得意满,或许忧伤寂寞,它躲在我们的生命深处,除了我们自己,没有一种目光可以窥视,没有一双耳朵可以打听。对这个灵魂深处的自己,我们会精心包裹,区别只是在于有的人包裹得少一些,有一些包裹得多一些。

人不是一个孤岛,总要与他人发生联系,这就决定了我们有时需要将自己的内心呈示出来。最能探知我们内心奥秘的首先是我们的亲人与知己，然后是一般的熟人与朋友，再然后是路遇或者没有路遇的陌生人。人的呈示有个规律：越是对我们好、越是我们所信任的人，我们向他呈示的内心密码越多，越是跟我们关系陌生的、越是我们不怎么信任的人，我们对他们透露的心灵信息越少。现在的人最喜欢说"谁是我的死党"、"谁是我的知己"，许多不过是酒桌上的场面话。在我看来，真正的"死党"与"知己"不需要言语标示，它是靠对方的内心秘密维系的。如果一个人不愿将他内心的隐私主动告诉你，他对你的信任就是有折扣的，你就不可能是他的"死党"、"知己"。

我们在社会舞台如何演出自己的生命，别人内心里会有个评价。一般说来，一个人做了真诚、善良的事，别人会向你伸出大拇指；干了污浊、损人利己的事，别人会嗤之以鼻。但也不排除这样的情况：你确实是个好人，做了值得别人大说特说的好事，别人就偏要把你说得一塌糊涂。你不必气恼，人心隔肚皮，误解是生活的一种常态，正因为有误解，人与人的沟通才变得那样重要。

人必须管好灵魂深处的自己，让自己纯洁些、再纯洁些，无私些、再无私些。前人说："要想人不知，除非己莫为"、"为人不做亏心事，夜半敲门鬼不惊"、"诸恶莫做，众善奉行"，就是这个意思。管好了灵魂深处的自己，内心足够干净、优雅，我们会在无意中表现出一个好人的作为，在别人眼中的形象也不会差到哪里去。

我们应该注意用言行表现出来的自己。你真也好，善也罢，必须表现出真、表现出善，别人才知道，假若你遇事永远保持沉默，别人想知道你真、想知道你善也没有机会，毕竟谁也不是谁肚子里的一只虫子。该说就说，该做就做，永远是获取理解的第一前提。

我们也要重视别人眼中的自己。"走自己的路，让别人去说"，要有足够的智慧与自信，一般而言，听听别人怎样评价自己，有则改之，无则加勉总有好处。不过，对于别人某些背离真实的言论，你也不必太在意。要相信，时间是最好的清洗剂，许多事情，你现在多方辩白，也许越描越黑，过一段时间就会真相大白。王蒙小说《布礼》里的钟亦成了抢救国家财产去救火，却被一些人当成纵火犯，受到残酷批斗，钟亦成坦然应对，后来，他不是平反了吗？一个人完全不在乎别人的评价，可能变得狂妄、孤僻，太在乎别人的评价，又可能迷失明天的方向。

三个自己都是自己，只有在每个方面都获取足够的高分，我们才是一个生活的优等生！

成功者最闪亮的素质

这是一个崇尚成功的时代,书店里摆满了"成功学"著作,媒体天天追捧"成功人士"。成功无疑是件爽快事儿,它意味着灯红酒绿、顾盼自雄、前簇后拥,与一个人失败时的灰头土脸、低声下气、人见人厌截然不同。然而,我们很少知道,真正的成功者,其生命往往与失败血肉相连。

最近热播的电影《中国合伙人》描写的主角叫成冬青。他早年毕业于北京某名牌大学,家境极其贫寒,借遍全村才凑齐读大学的费用,大学毕业后非常幸运地留在母校。大学教师的牌头响当当的,钱袋却瘪得像一片树叶,成冬青只好瞒着学校去外面兼职做家教、搞培训。学校发现后开除了成冬青的公职,这是成冬青遭受的第一次重大的挫折。铁饭碗破了,总得找个泥饭碗什么的,成冬青最熟悉的是英语培训,于是捡起以前做的事情,只是以前做兼职,压力不大，如今得做专职，有破釜沉舟的味道。没有教室，他买几个便宜的鸡腿，就在肯德基"赖"老半天，用这个临时场地给学生上课；后来他找到某破产国企暂时没有拆完的破房，买了点破桌椅，算是暂时稳定了下来。世界上没有天降的好事，成冬青在破产国企的危房开班不久，警察就找上了门，说他"非法办学"。成冬青正为办学场地焦头烂额，在国外留学的女朋友苏雯来信了，提出分手。成冬青痛苦过、迷惘过，但他最终选择了坚强面对。经过一番风雨挣扎，成冬青的培训学校办成了，有了漂亮的校园，有了现代化的教室，有了遍布全国的几百万学生，有了大笔现金，那段时间，成冬青睡觉都像喝酒般兴奋。然而，磨难似乎不想忘记成冬青，此时美国一个机构以新梦想侵犯他们的著作权为由将其告上法庭。成冬青不服输，通过一番运作，事情最后获得一个比较理想的解决，新梦想教育集团也在纽约顺利上市。

成冬青的经历告诉我们：世界上没有一种成功是等在我们门口的，你想得到它，就必须风雨兼程地走沙漠，穿戈壁，越雪山，当你走累了，穿疲了，越虚脱了，回头一望，你会发现身后站着的正是你曾经梦想的世界。

也许有人会说成冬青是电影里的人物，算不得数，然而，只要留心，我们会发现生活中的"成冬青"比比皆是。左宗棠这个人大家知道吧，从陕西到新疆，都有他与他的士兵种下的"左公柳"，此君后来身居总督，立下收复新疆的旷世奇功，慈禧曾下令"二十年不得奏左"，牛皮得不得了，他当年考进士却几次失利，最后不得不断了这个念想；在湖南巡抚幕府做师爷期间，还曾因为与永州总兵樊燮发生冲突，差点被个别心术不正的地方官"就地正法"。

然而，左宗棠不害怕失败，千方百计寻找成功的阳光雨露，重新出山后，先是给曾国藩出谋划策，后来又独当一面，一步一个脚印地做事，就此踏上了生命的阳关道。曾国藩比左宗棠名气更大，晚年位居两江总督、武英殿大学士、一等毅勇侯，正一品大臣，他一生最大的事业是两个：一是大力开办"洋务"事业，使清国沾了点现代气；二是平定太平天国，让清国重归统一。然而，就是这个曾国藩，早年考中专（秀才）两次落第，后来好不容易考了个研究生（进士），却只是相当于研究生学历（同进士）。再后来，侥幸做了礼部、刑部等五部的副部长（侍郎），因为向咸丰帝提意见，几乎惹上杀头之祸。受命组建湘军，更是遭受了靖港之败、祁门之变等重大军事挫折，最丢人的时候，他甚至想一头栽进水里淹死。只是曾国藩毕竟是曾国藩，他非常善于咀嚼失败，他知道自己不善领兵却善"将将"，因此将一线指挥权交给别人，终于成就一番大事业。

《中国合伙人》中的成冬青说过一句话：失败并不可怕，真正可怕的是害怕失败。道理很简单：一个人做某件事失败了，也就知道下次做这件事必须有另外的思路，它离正确的道路会近一步，从某种意义上甚至可以说：失败越多，我们日后成功的概率越大。害怕失败就不同了，人害怕失败，必然不敢去尝试，不去尝试，我们永远不知道自己能干什么，不能干什么，需要什么，不需要什么，你的日子一年跟一天没有多少区别，一生跟一年没有多少差异。表面上看来，你没有损失什么，实际上你损失了一生中最重要的财富：年华。

人上一百，形形色色，每个人的个人条件、所处环境不同，成功的方式也有各种各样,但成功者有一种素质是共同的,那就是:他们敢登以前没有登过的山,敢涉昔日没有涉过的水,不害怕跌倒,更不害怕从头再来。

悦纳另一个自己

人都有两个自己,一个是愿意时时刻刻挂在嘴边、亮在胸前的;一个是不希望被别人知道,不喜欢被别人谈论的。

悦纳前一个自己很容易,前一个自己聚满了人生的成功甚至得意,能给你带来别人欣赏和羡慕的眼神,满足自己的虚荣心,难就难在悦纳后一个自己,因为后一个自己是灰色的、暗淡的,只有你自己才会留意。

清贫是另一个自己。人活在世上,张开口要吃饭,撑开手要穿衣,假若完全赚不到钱,这日子还真的很难过下去。早年的电视剧有句话:"钱不是万能的,但没有钱万万不能",我虽然不喜欢它对金钱的刻意强调,公道地讲,它确实也有真实的一面。基本的世情和人性决定了我们对金钱不可能完全采取排斥态度。生活需要钱,但人赚钱的能力有大有小,有人赚一个亿也许比你出趟省还容易，有人赚一万可能比一个人登上月球还难。假若你努力了，依然不免清贫，我劝你保持几分平常心。清贫不是你选择的，你也曾经做出过改变它的努力，你的内心不应该再有惭愧。

平淡是另一个自己。世界上很少有人喜欢自己躲在灯火照不到的地方，渴望被关注是人之常情。然而，一个人要被社会关注，需要许多前提条件，比如出了比较大的名，比如做了相当牛皮的富翁，比如当了高级别的领导……假若这些东西你一样也不占，也许就只能安于平淡。其实，平淡不等于庸庸碌碌，平淡也不等于没有出息，充其量不过是没有纸醉金迷、前呼后拥而已。接受自己的平淡，用心经营一份有意思有趣味有激情的生活，比通过不正当的手段去获取所谓的"辉煌"有价值得多。汪精卫做过日本控制下的所谓"南京国民政府"的主席，在任期间也人五人六，但谁会从内心尊敬他呢？刘涌当年也是亿万富翁，在沈阳街头你问十个人起码有八九个知道他，可是他的人生值得别人羡慕吗？

"另类"是另一个自己。吾国的故有文化比较保护同质思维，一个人什么都跟别人一样，一辈子可能过得无风无雨，喜欢标新立异，不在乎呈露真性情，却可能靠山山崩、靠水水流。然而，一个人要真正成长、一个社会要不断远行，需要的不是同质思维，恰恰是创新精神。当你在遵守道德和法律的前提下显得"另类"，当你某段时间的所作所为不被周围的人理解的时候，你千万不要自怨自艾，更不要放弃，而应该给自己一个微笑、一束玫瑰，要相信"阳光总在风雨后"、"爱拼就会赢"。

衰老是另一个自己。谁都希望自己永远青春，谁都渴盼自己始终美丽如画，然而，生活就像腐蚀剂，总会在我们的头上、额上留下时光的痕迹，当你老了，当你银发满头、皱纹满脸，当你不再帅气、漂亮，当你有了各种各样的慢性疾病，当你不再被人视为完成某项重要工程的主力，你要告诉自己：衰老是人生不可避免的过程，一个人可以用食物、用医药、用精神延迟它，却不可以完全阻止它的到来。当我们使尽一切办法，依然无法不面对自己的蹒跚老态时，你不妨心平气和地坐下来，在镜子前好好欣赏一下自己。老其实未必意味着丑陋，许多时候它不过是生活的另一种形态，春天的枫叶绿得可人，秋天的枫叶不也红得美丽吗？

人这一生，与你相处最长的不是你的父母，不是你的配偶、儿女，也不是你的朋友、同事，更不是与你擦肩而过的那些陌生人，而是你自己。假若我们不能经常悦纳自己，不能放下生命所经历的全部沧桑与不快，即使周围所有的人悦纳你，你的人生也注定是痛苦的。学会开解自己、原谅自己、鼓励自己、升华自己，尽最大的努力寻找生命中值得高兴的东西，你会发现即使是面临悬崖，人生也依然还有众多柳暗花明的便道可寻。

悦纳另一个自己，其实就是要悦纳生活中的风风雨雨、悦纳命运的花开花落、悦纳这个世界的全部丰富。

有一种机会你可以随时相遇

聊到事业、人生的成功,一些人最喜欢说的两个字是:机会。

他们接着会举出种种例子。孔子之所以成为春秋战国时的大教育家,是因为他碰上了一个礼乐崩坏的时代,他希望恢复周礼,培养出一批对国家与社会有用的人才,才想到办私立学校。曹雪芹能够写出《红楼梦》这样的千古名著,是由于他经历了家族的由盛而衰,而且这盛与衰很不一般,盛的时候家里的白洋多得可做墙砖,皇帝巡视江南时住到他家;衰的时候连硬饭都没得吃,只能"举家食粥",缺少这样痛苦的人生历程,他不会有那么多生命感受。福耀玻璃创始人曹德旺知名度很大,他捐掉的钱都已超过60亿元,如果没有在乡镇做玻璃厂采购员的经历,今天的曹德旺可能依然是一个农民……

我从不否定机会对生命的意义,但我始终认为机会不会从天而降。春秋战国时期，感受到礼乐崩坏的读书人岂止孔子一人，为何别人没有成为大教育家？清代的大官家庭由盛而衰的绝对不止曹家，为什么其他人没能写出《红楼梦》？乡镇企业红火的时候，业务员的数量应该是以七位数计，为何只有曹德旺成就了现在这样的大事业？其实，再好的机会也只是机会，它要变成一种生命的机遇、机缘，还得依赖别的东西。

曾国藩，现在的人一般都知道，此君书读得多，讲究诚信，宽厚待人，不过有一点不知诸位是否注意到，这个人特别敬业。咸丰二年（1852年）七月，身为江西乡试主考官的曾国藩走到安徽小池驿，突然收到老家传递来的母亲去世的噩耗，于是立即交卸差事回家奔丧。那时丁忧的期限是三年，换句话说，就是三年内曾国藩得守在老家为亡母尽孝，然而，当时的形势容不得曾国藩优哉游哉地待在家里。曾国藩回到双峰（清时属湘乡）老家时，太平军已进入湖南，攻打长沙受挫，转攻岳州大获全胜，整个湖南岌岌可危。当年底，咸丰帝下诏任命曾国藩为"帮办团练大臣"。

其实，当时被任命为"帮办团练大臣"的退休或丁忧的前官员一共有43人，涉及10个省。人家都没将这个任命当回事，当时太平军风头正猛，办团练是一件非常麻烦的事，何况官衔前头还有"帮办"两字，既然是"帮办"，一定还有"主办"，一定有种种相互掣肘、钩心斗角，只有"傻傻"的曾国藩将其看作是朝廷的信任。咸丰三年（1853年）正月，曾国藩正式上任，他在长沙设立审案局，大肆抓惹是生非的会党、土匪，使长沙的社会治安为之一改。同时千方百计招募湘勇，又选拔一批有军事才华的读书人做将领，严格训练，并将湘军的军饷开得比绿营高。不久，他将练勇地点放到官场环境相对单纯的衡阳，正式组建水师，聘请能工巧匠造战船，从人员到物质都做着充分的准备。有了这些扎扎实实的工作，曾国藩后来才能攻下安庆、金陵，成就不世之功，做上武英殿大学士、一等毅勇侯、两江总督。

有个朋友，走官场相对顺利，但与一些人的投机取巧不同，他人生的每一步都付出了巨大的努力。做大学老师，他认真教书、做科研，教的课生动形象，写的论文不少发在权威报刊；进检察院办公室，无论做宣传还是干文秘，他都一丝不苟，忙起来的时候，双休日无偿加班是家常便饭。再后来，他到了政法委，身兼领导秘书、办公室主任、研究室主任三职，公事很多，但他依然任劳任怨，短短两年，就被提拔为综治办副主任，现在朋友已是一个城市检察院的检察长。

我说这些话，实际上想表达一个意思：与偶然的机会相比，敬业其实是最靠得住的机会。其一，一个人敬业总会比他人多做一些事，你多做的这些事，一天两天，可能无人发现，但时间长了，日积月累，总会无形中显出自己的灿烂与芳香，别人的欣赏、帮助不过是开花之后必然结出的果实。其二，领导也好，我们周围的人也罢，主观上都是希望跟老实人打交道的。你若特别敬业，别人希望你做的事你做得很到位，老少无欺，他们心理上才会有安全感，给予你物质或精神的补偿时才不会担心你变成白眼狼。

偶尔的机会容易与人错身而过，唯有敬业给予的机会，你随时可能遇上，即使一时失去还会下次再来。

生活对天才的奖赏

人类需要天才，天才常以卓绝建树改写着自己所在领域的格局，让人们倦怠的眼睛为之一新，但天才在被人认识之前活得很不容易，他们必须经历平常人难以忍受的风雨泥泞。

我很喜欢读王小波的文章，他的文章风趣幽默、思想别致深邃、极富哲理。其实也不只是我喜欢王小波，这些年来，王小波的《黄金时代》《白银时代》《青铜时代》等小说与《沉默的大多数》等杂文早已风靡华人世界，不读王小波似乎已成不懂文学的代称。然而，王小波活着的时候绝对称得上怀才不遇。在1989年到1996年长达17年的时间里，王小波只出版过《唐人秘传故事》、《王二风流史》、《黄金年代》（由于编辑疏忽，"时代"误印为年代）、《黄金时代》、《未来世界》、《思想的乐趣》等几部作品，其中两部是台湾出的，一部是香港出的，大陆出版社出的只有三部。出版不畅，在报刊发表更难。1996年，王小波的一个熟人李静到《北京文学》做编辑，跟他约稿。王小波将小说《红拂夜奔》交给她。李静读后感觉非常好，给执行主编看，执行主编也觉得很不错，只是《北京文学》是月刊，不能发太长的东西，执行主编希望作者将其由十八万字压缩到三万多字，王小波照做了，可结果就连三万多字也没有发出来，原因是执行主编"挨了严厉的批"，如果"发了，就是'顶风作案'"。王小波曾对李静说：写了几部小说，有的实验性太强，……试过几家杂志社和出版社，都不接受；还有的被认为思想有问题，"有一编辑说，我在小说里搞影射，还猜出了在影射谁，我有那么无聊吗？"李静回忆：那时王小波压在箱底的作品太多了，每一部都巧思密布，心血用尽，每一部都发不出来。

中国作家遇到过这样的情况，外国作家也不例外。奥地利小说家弗兰兹·卡夫卡，如今爱好文学的人没有不知道的，此人被称为世界现代主义文学的鼻祖，最擅长以夸张、变形的手法，描写现代人的生存困境，不要说奥地利本国的文学教材，就是外国的欧美文学教材也一定会讲到他。他的一生只留下了4部中短篇小说集、3部长篇小说，3部长篇小说生前还都未写完，却篇篇被视为经典。有一点我们可能没有想到，卡夫卡活着的时候，屡遭退稿的困扰。41岁，卡夫卡在贫病交加中逝世。在遗嘱里，他激愤地要求挚友马克斯·布洛德销毁他所有未发表过的手稿，并永不再版已发表的作品。所幸的是布洛德本人就是一个优秀的作家，他深知卡夫卡作品的意义，没有执行卡夫卡的遗嘱，而是花费许多精力，将能够收集到的卡夫卡的作品整理出版。因为有了布洛德，卡夫卡才为世所知。

　　天才之所以不容易被别人理解，原因不外乎这样几个。一是天才创新意识极强，考虑问题的思路、做事的方法跟别人迥然相异，而他人又是凭着既有的模式去评判天才的。这就必然导致天才的实际才华与当时的社会评价之间的差异，导致天才遭遇种种人生的困境。其二，天才又是能够充分认识自我价值的人，正因为能够认识到个人创造的价值，他们不愿意随随便便改变自己，不愿意迎合环境，就像梅花宁可傲雪斗雪，也不愿意去温室里待着。

　　然而，天才的价值也恰恰在于他们不屑于汇入流俗的"另类"。因为另类，他们敢于探索别人没有甚至是不敢涉足的领域，发现被世俗的庸常生活所遮盖的美丽，丰富了人类的文明；因为"另类"，我们可以感受到他们强大的内心，发现他们走向梦想的执着。这种灵魂的力量是人类任何时代、任何社会都不能缺乏的。时间毕竟是公正的裁判者，当众多表面的东西沉淀下来，天才的内质会显得更加光彩夺目。王小波、卡夫卡最后能够赢得广大读者的尊敬，在庄严的文学殿堂占有一个醒目的位子，靠的就是那种与时光抗衡的人性、思想、艺术的力量。

　　拥有长久的生命价值，这其实就是生活对天才的奖赏。

自我挟持

我应该算是一个比较勤奋的人,晚上11点睡觉,早晨6点让闹钟将自己闹醒,6点到7点构思作品,七点左右起床写作,中午睡一个小时午觉,下午雷打不动地读书,晚上上网看新闻、读电子报刊,为第二天写作积累素材。在老家过农历年那几天,我的生活变得相当堕落:每天晚上10点睡觉,上午9点多才起床,中午吃了饭还要睡午觉,又是两个小时。不睡觉的时候不是玩扑克牌就是聊天,带回去的两本杂志一本古书一页也没翻过,更没写一个字的文章。

如果要寻找在老家变得懒散的客观原因,可以说上一大串,比如老家所在的江南湿度大,冬天比较黑,父母非常节俭,家里装的电灯亮度不够;比如老家是山区,冬季气温很低,而家里供烤火的只有一个地炉,地炉边人多,静不下心来读书;比如我一年到头都在城里忙,难得回一趟老家,好不容易回来,应该陪父母多说说话。但我知道,这所有的理由其实不过是一些借口。电灯不亮可以换呀,父母也不差那点电钱;煤火不够可以买电炉,百十来块钱一个,城里多得是,带一个回去就是;陪父母说话可以从睡觉的时间里节省,我在城里睡觉一天也就八九个小时,在老家超过了13个小时,每天就拿多出的这4个小时与父母聊天,说的话估计可以填满太平洋。其实,我在老家过年读书、写作缺的不是客观条件,而是内心的愿望。

读晚清重臣曾国藩的家书,经常看到"师友挟持"这四个字。所谓"师友挟持",就是指一个人读书做事缺乏上进心的时候,你的良师益友会提醒你,让你重新找回奋斗的激情。师友挟持很重要,曾国藩做京官时就曾被师友指为懒散、不诚、琐碎,使他感觉到了改造自己的必要,然而,一个人要取得大成功,还得靠自我挟持,就像曾国藩,师友的提醒只是过门,真正起大作用的还是他每日反省的习惯和坚持不二过的精神,这一点,我们只要看看他的日记就知道。

自我挟持之可贵,首先在于世界上没有谁比你更了解自己。你的性格如何,你读的书有多少,你希望达到的事业高度是何种样子,对于梦想实现的目标,你的优势和劣势在哪里,别人知道的也许是些皮毛,只有你才掌握全部的真相。如果我们能够自我挟持,时刻计算时间的使用效益,生命自会有别样的精彩。

我曾写过一篇颇受读者喜爱的文章,叫《只能陪你一程》,央视播了,《读者》卷首语也转载了,文章的意思之一是任何一个人都只能陪伴我们一段路,父母如此,儿女如此,配偶如此,师友如此,只有自己才可以相伴你的始终。正因为别人只能参与我们生活的某个片断，他们对我们的"挟持"永远是有限的，可以起到一些作用，但很难产生本质性的力量，我们希望不浪费宝贵的生命，梦想在有生之年活出应有的灿烂与辉煌，使别人出自内心地羡慕你、尊敬你，唯一的办法是学会自我"挟持"，自己做自己的教育者、监督者、管理者。

人的本性是追求安逸和舒适的，那些一辈子碌碌无为的人，往往不是毁在才华上，也不是因为缺少成功的机遇，而在于他们不懂得适当挟持自我，而放纵了本能。明白了这个道理，我们才会对自己所走的道路生出足够的警惕。

别在拥挤的车厢迷失方向

熟人的孩子中学时成绩很好,考试每次都名列前茅,获得过省级学科大奖赛,评过市级三好学生。考上大学后,老师管得不那么严了,这个孩子开始放松自己,经常与一帮不喜欢读书的同学腻在一起玩电子游戏,逛美食城、奢侈品店,结果学业一落千丈,大三时,好几门功课补考不及格,结果被大学勒令退学。

一位朋友,写作有年头了,早些年写作兢兢业业,也获得了许多成果,比如入选了大量的权威文学选本,出版了十多本拿版税的著作,报刊上评论他的文章足以结成集子。然而,最近一些年,在周围某些文人的影响下,这位朋友心态变了,他特别在乎所谓荣誉,市里开过什么座谈会,没请他,他不高兴;所在城市的作协换届没进主席团,他狠狠地生了一回气,他还频频地组织自己的所谓"作品研讨会",现在这个朋友多年没写出过有影响的作品了。

我们所处的社会是个拥挤的车厢，无须讳言，车厢里的人各有各的想法，也各有各的行程。我们能够选择的是：始终记住自己所要抵达的目标，沿着一个正确的方向前进，既不随意跟随他人坐车，也不轻易跟随别人下车，从而避免被某些素质不高的"别人"误导。

韩少功先生是我大学的师兄，高我四届，因为特殊的历史原因，与我同校半年。1980年、1981年，他曾连续两次获得全国优秀短篇小说奖（即后来的鲁迅文学奖里的短篇小说奖），其时他还是在校大学生。当年，当他长衫飘飘地走过校园时，边上一众男女都将眼睛睁得亮亮的，好像生怕错过了什么风景。韩先生最大的特点是不随流俗，当大家都对知青生活牢骚满腹的时候，他悄悄地开始文学创作。假若韩先生做知青时没有在"拥挤的车厢"里坚持自己的方向，他不可能拥有二十世纪八十年代初的突破，更不可能抵达后来的文学高度。

人活在世上，永远需要一些智慧。智慧不是拿来算计别人的，而是用来规划、盘活自己。有足够的智慧，我们可以明白乘不乘某趟生活之车；有足够的智慧，我们可以清楚在什么地方下车最容易让我们获得人生的灿烂与辉煌。智慧源于经验，它需要我们经常回望走过的山山水水，所谓"吃一堑，长一智"就是这个意思。智慧也源于学养，不要天天只盯着一个手机，不要天天去参加这个博览会那个推广会，静下心来读点书，读了之后动动脑筋，用心记住那些可以给你的生命导航的东西。诸葛亮那么聪明，但他同时也是书生，闲来学习知识，几乎是他每天的必修课。

拥挤的车厢很容易让人丧失内心的独立性。你也许从小就厌恶骗子，可是诈骗者给的一点蝇头小利却可能让你丧失必要的警惕；你或许一直渴望纯真的爱情，但风尘女的一声媚笑可能会使你浑身的骨头都发软；你兴许生性淡泊，但富人、权人的前呼后拥容易让你生出艳羡之心。拥挤的车厢看似大家都朝向某种目标，其实，许多时候别人只是执着于自己的行程，没有兴趣了解你遇到了何种困惑，希望得到怎样的帮助，最想去的地方在哪里。这种时候，唤醒启程时的初心是特别明智的，因为初心有着我们对事物最初的精确判断，有着我们在理性状态下所做的人生规划，也有着我们对生命的一种真正的期许。

世界上没有固定的高度，这就给了我们出类拔萃的机会；世界上没有永远不变的风景，这就给了我们行走的理由。在拥挤的车厢里记住自己的使命，推开路上的各种诱惑，你会觉得自己可以拥有的是整整一个世界。

马无夜草也会肥

公元前597年，晋楚之战爆发了一场恶战，史称邲之战。晋国大夫荀䓖不幸被楚军俘虏。郑国有个商人当时正在楚国做生意，非常同情荀䓖，准备将他放在行李袋中运走。这个计划尚未来得及执行，晋楚两国就开始了和平谈判，最后双方达成交换战俘的协议，荀䓖名正言顺地回到了晋国，继续担任大官。某次，郑国的这个商人到晋国，荀䓖极其热情，高规格地接待他。这个郑国商人很不安，对荀䓖说："吾无其功，敢有其实乎？吾小人，不可以厚诬君子。"意思是我没有实际上救你的这份功劳，怎么敢承受您如此隆重的报答呢？我只是个小人，不能这样冠冕堂皇地冒称君子。

历史推后91年，一个叫说的屠羊（杀羊的屠夫）的作为更使人感动。公元前506年，吴国军队在伍子胥带领下伐楚，楚昭王被迫流亡。在其流亡期间，屠羊说一直跟随着他，替他出谋划策，还担任他的勤务员兼警卫员。后来申包胥赴秦国请来了救兵,秦军帮助楚昭王复了国。重登王位后,楚昭王做的第一件事是重赏护卫他流亡的人,屠羊说亦在其列。然而,出人意料的是屠羊说谢绝了国王的封赏,又回到了家乡摆摊杀羊。周围的人很不理解,说你杀羊不过可以糊口,假若做官,得到的好处多多了。屠羊说回答:"我当时之所以陪着楚昭王,是因为楚国亡国了,亡国了,我就没了杀羊的地方,也就难以糊口。现在楚国复国了,我重新有了维持生计的手段,何必去做大官呢?"楚昭王一定要他接受封赏,屠羊说再次坚决谢绝,他说:"大王失国,非臣之罪,故不敢伏其诛;大王反国,非臣之功,故不敢当其赏。"用现在的话说,大王失去国家,不是我的过错,所以我不会赴死;大王复国了,也不是我的功劳,所以我也不敢领受您的奖赏。楚昭王想召见屠羊说,他也不肯接受,说:"楚国之法,必有重赏大功而后得见,今臣之知不足以存国而勇不足以死寇。吴军入郢,说畏难而避寇,非故随大王也。今大王欲废法毁约而见说,此非臣之所以闻于天下也。"意思是说,按照楚国的法律,臣子必须有大功才能得到楚王的接见。我的智力不足以使国家得到保存,我的勇气不足以为国家赴死。当初吴军入郢,我其实只是躲避兵祸而流亡,不是故意追随大王。现在大王要违反法令召见我,这不是我希望的事情。

  从郑连根先生《春秋范儿》一书中读到这两个故事,我的内心充满了感动。追求利益是商人的第一生存法则,所谓"在商言商",其实就是"在商言利"。然而,郑国的那个无名商人与楚国的屠羊说身为商人,却不把商业原则带进自己的为人处事,相反,他们倒是处处以君子准则要求自己。他们一个坚持无功不受禄,连接受一次高规格的接待都觉得惭愧；一个明明有功却要功成身退，继续做自己的小生意，这样的操守、境界，绝对不是每个人都具备的。

世界上有种种个人利益，有的利益是你不可以去获得的，获得了就可能付出高昂的人生代价，比如贪官索取的贿赂，比如奸商通过掺杂使假、偷税漏税得到的非法利润，比如演员出卖色相得到的出镜机会；但有一种利益虽然可能大过你当初的付出，但它有一定的道德合理性，社会可以接受，不会受到什么惩罚，比如郑国商人所受的尊重、屠羊说可以得到的封赏等等。一个人要抗拒前面一种利益相对容易，只要一点理性与眼光就够了；一个人要抗拒后面这样的利益很难，因为它不仅需要理性与眼光，更需要理性、眼光之外的道德力量。

有句老话说："人无横财不富，马无夜草不肥"，其实，这样的观点是不对的。横财可能带来人的一时暴富，但这样的富裕不稳定、不高贵，可以一时获得，也可能瞬间失去；见不得人的"夜草"可能让马短时间长点儿膘，但这样的膘会引起走正路的马的怀疑、排斥、鄙弃，久而久之，会长不下去。在我看来，人无横财可以富，富的是境界；马无夜草可以肥，肥的是操守。

承认"不懂"

女儿患扁桃体炎,我带她去看医生。医生详细询问了女儿的病情,听到女儿说又发烧又畏冷,医生道:既然畏冷,体温就可能继续升高,咱们除了打点退烧针,还得多吊一两瓶盐水。我问医生:这是不是意味着要多用些消炎药?之所以这样问,是担心抗生素使用得太多,导致人体一些有益细菌无法生存,这种现象,在我们的日常生活中并不罕见。医生回答:不是。消炎药还是那么多,高烧会产生毒素,多吊点盐水,毒素可以通过小便排出来。医生的话使我恍然大悟,俗话说:"隔行如隔山",有时还真是这样。

一个朋友从事写作,在省级以上报刊发表了4000多篇作品,大量作品被《读者》《杂文选刊》《中国剪报》等著名报刊转载,每年都进入全国性权威文学年选,被评论界称为"知名散文家"、"著名杂文家"。某次,他与文友聊到创作的艰难。座中有一位学统计的人士说：你写作有什么难？你发表了那么多东西，对文学的道道早就摸透了，一篇文章怎样开头、如何煽情、以什么方式结尾，你背都背得出来。朋友不禁哑然失笑。表面上看，这位统计人士说的好像没错，我们不是常说熟能生巧嘛！实则大谬不然，文学这东西跟木匠做的家具不一样，一个木匠给这家那家做的家具可以毫无区别，但文学作品却必须一篇有一篇的独特面目。只有创新，读者才有兴趣去看。越是写得多的作家，其内心的"题材库"使用得越"过分"，题材越枯竭，写作的难度也就越大。

仔细一想，我们对许多事物的认识其实是似是而非的，许多时候我们自以为无比正确，实际上却离客观事实十万八千里。

不懂没什么奇怪。世界很大，知识多如牛毛，限于时间、经历、所受教育，我们不可能对每一种知识都弄得那么清楚，可以毫不犹豫地说，人对事物的懂得是有限的，对事物的不懂则是无限的。你懂得星光的灿烂，未必清楚星星的地质结构；你懂得河水的凶猛，未必知晓河床的硬度；你懂得一座城市的标志性建筑，未必明白这座城市的内在精神……承认"不懂"，不过是承认生活的丰富而已。

人活在世上，必须对自己有一个正确的认知。如果你觉得自己特别聪明、知识无比渊博、个人素质高到了空前绝后的程度，你一定会无视自己的"不懂"，变得装腔作势，变得愚昧可笑，变得进退失据。相反，假若你谦逊些，能够认识到个人识见的有限，敢于承认自己知识上的缺陷，你的"不懂"就会慢慢减少，"懂"得就会一天天多起来。

承认"不懂"，目的是培养懂的能力。有一种人他也低调，他也能够温暖别人，但没有什么上进心，面对陌生的东西不愿寻根究底，时间长了，他的认识能力一步步退化，以至别人跟他说个什么事情，他半天也弄不明白。换句话说就是，他最初花一点时间，对许多事是很容易"懂"的，因为其不长进，不愿意花这一点时间，慢慢地，他"懂得"的东西越来越少，对陌生的东西越来越"不懂"。现在的人喜欢说"与时俱进"，其实，知识的"与时俱进"，不是要懂尽天下的知识，事实上也不可能，而是要求我们具备变"不懂"为"懂"的知识基础与才华。

尽可能多地"懂得"，永远是一种值得自豪的境界。

处处寻"芳草"

父亲患支气管结核,在湖南省胸科医院住院,因为不需要两人陪护,小妹建议我暂时回娄底,过几天再去接她的班,我答应了。从枫林路口坐地铁去长沙火车南站,比乘公交车站快很多,只是枫林路口的地铁没有人工售票,乘客得在自动售票机上购买。我是第一次乘坐自动售票的地铁,一时不知如何操作,请旁边一个小伙子帮忙,小伙子毫不犹豫地代我完成了操作。上了地铁,我放目四望,寻找座位,立即有一个中年人挪动身子空出身边的位置,示意我坐下。我心里顿时觉得暖暖的。

得到陌生人的帮助,在我,并不是一件如何稀奇的事情。20多年前去北京,有陌生人送我到苹果园搭地铁;八年前去凤凰,有人为我热心指点去景区的道路;一年前去南京,有只见过一次面的朋友兴致勃勃地陪我游中山陵……我不认为自己如何轻信,也没发现帮助我的人有任何恶意。

一位同事在丹麦访学，有一回在大街上迷路，向某白人男子求助，这个人立即用英语告诉她如何乘车、怎样出站，还给了她自己的电话，说需要帮助时可以拨打。同事回到住的地方，不一会，有人拨电话来，是那个白人男子，人家没有别的意思，只是问她顺利回家了没有。说起这段经历，同事十分动容。

相信陌生人，不将陌生人的善意妖魔化，应该是一个人心智成熟的一种标志。心理极端的人总是喜欢猜测别人做好事的动机，生怕自己陷入某个圈套，于是自己有了事，不愿向陌生人求援；别人有了事，我们也不想去管。其实，坏的陌生人永远是少数，而且他们的坏我们一般也能识别出来，为了这少数坏的陌生人，将大量好的陌生人拒于心门之外，非常不划算。

在家千日好，出门一时难。一个人在陌生环境里，有时难免碰到一些自己不懂或个人能力不足以解决的问题，对于别人，也许不过是举手之劳，我们请求其帮助，他们未必不热心，也少有可能利用你的信任去做坏事。

出门在外相信生活中到处有善良的"芳草"，敢于向人求助，我们的灵魂也会获得成长。人是一种需要温暖的动物，你求助了别人，别人帮了你的忙，我们会记着别人的好。你记着别人的好，别人记着你的好，并且用行动表现出这种感恩之心，我们面临的世界就会变得阳光灿烂。"老人摔了没人扶"、生活中遇了不顺报复社会这样的事就不太可能出现。

说到这里，又得回到开头的话题。我在长沙火车南站"网络取票"窗口拿票时，有一位六十来岁的老人希望我能让他排在我前面,因为他的车只有半个小时就到点,我痛痛快快地同意了。有一点这位老人永远不会知道,我坐的其实是跟他同一趟车。

触目皆他人

我所在的城市大面积更新了红绿灯行人指示标志，新的行人指示标志灯，每逢红灯会说："红灯，请留步"；碰上绿灯会说."绿灯，请过马路"。一些人都觉得这是过度服务，除了制造噪音别无意义，因为红灯停、绿灯行是交通常识，三岁小儿都知道。再说就算要宣传这个，标志灯上有电子显示屏，完全可以用字幕的方式标出。跟一位熟悉的交警扯起此事，交警说："这是为了方便盲人上街，因为他们看不到信号、字幕"。交警的话让我恍然大悟，一般人想这个问题，都是站在自己的立场，而没有考虑到自己不需要的服务恰恰是特定人群最需要的，如果我们站在别人的立场想事，得出的结论大不一样。

有个刚从乡下来的朋友不太会使用银行的自助存取款机，让我教他，却专门挑个阴雨天上街。我开玩笑说："你拜师也不挑个日子，这种天气出去，多让你老师为难啊！"朋友说：阴雨天去银行的人少，自己占用自助机不会影响别人办业务。听了这话，我立即肃然起敬。朋友行事也是替他人着想的。

近年来去了些著名风景区，这类风景区往往人山人海，在著名景点旁照个相很不容易。我发现景区有两种游客，一种霸着景点老不下去，左边拍了照，还要右边拍，站着拍了照，还要坐着拍，一折腾就是十来分钟，听凭后边的人挤得像罐头鱼一样；一种非常愿意替他人着想，他们选一个角度拍那么一两张相立即走人。

人活在这个世界上，触目皆是他人。在家里，除了自己，还有父母、妻（夫）儿、兄弟姐妹；在外面，除了亲人，还有朋友、同学、同事、熟人、陌生人。我们几乎每天都需要跟别人打交道，也需要关注别人的身心需要。如果一个人说话、做事永远只考虑自己，别人就不会愿意跟你相处，更不会乐意向你付出他们的善意，你也就在客观上成了孤家寡人。

替他人着想决不只是一个念头那样简单，许多时候，它必须立足于我们对自身的欲望、利益的坚决舍弃。民国初年著名女伶刘喜奎名满天下，风头甚至盖过了京剧名旦梅兰芳，加上她长相非常漂亮，袁世凯、张勋等政治牛人都对她动了歪心。她与梅兰芳心心相印，当时一些圈内人都以为有情人会成眷属。然而，出乎意料的是，两人相恋不久，刘喜奎就提出分手。她后来解释说："我经过痛苦的考虑，决定牺牲自己的幸福，成全别人。"这"别人"是谁呢？就是梅兰芳的夫人王明华。王明华出身京剧世家，与梅兰芳非常恩爱，两人生育了一对儿女。王明华极擅梳头，梅兰芳每次演戏所需的假发都是她事先做好的。民国初年，有钱的男人流行娶妾，如果刘喜奎嫁给梅兰芳,周围人也不会说什么,但对于王明华,这显然是一种伤害,善良的刘喜奎不愿看到此种情形。

世上没有两朵完全相同的云,自然也不会有完全相同的人,我们无法企望你路遇的每一个人都成自己生命的天堂,然而,我们必须相信,生活中绝大多数人是好的、比较好的,是值得我们付出善心善行,足以成为我们人生的风景的。在心里给别人留一个位置,遇事少想点自己多考虑一下别人,其实也是在为这个社会打造持久的美丽。

除了生死无大事

人与人相遇需要缘分，人与某句精彩的话相遇亦然。有时，我们读完一本厚厚的书、看完一部像海岸线一样长的电视剧，没感到有哪句话打动自己；有时，我们只是在候车的瞬间读了篇小文章，在工作累了的片刻瞄了一眼某个电视节目，突然就有一句话让你终生难忘。

您很聪明，猜到了我在介绍文章标题所引用的"除了生死无大事"当初给我的触动。

话是江苏卫视《非诚勿扰》节目里一位男嘉宾说的。这位30岁的年轻人在北方一大城市开了家餐馆，他说自己天天嘻嘻哈哈，不是生活中没有烦恼，而是因为觉得为这些小事烦恼不值，人生在世，除了生死无大事。《非诚勿扰》是极少数的我有时间就会看看的电视节目之一，原因是我常常会在无意间与嘉宾和主持人的某句妙语相遇。

"除了生死无大事"这句话，我不知道年轻人是借用别人的，还是自己想出来的，但这种人生态度无疑值得欣赏。仔细一想，人生除了生与死，还真的没什么大事，一般人认为的生活最大的挫折莫过于失恋（离婚）、事业受挫、身体出状况。失恋（离婚）了当然不爽，但就算到了这一步，你仍然可以跟过去的恋人（伴侣）好好沟通，对方感受到了你的真诚，说不定会回心转意，就算没有挽回过去的感情，你追求新的恋人时至少在心理上做出了断，失恋（离婚）不是大事。事业受挫了难免感到受伤，但你正好可以趁机反省一下自己的思路对不对，思路正确，只是因为某些客观变化使你猝不及防，你可以在时机成熟时继续干下去；思路错误，你不妨转换一个领域，世界那么大，哪里会没有一个人的立足之地？事业受挫也不是大事。身体出了状况会带来种种不适，生出点小烦恼在所难免，但你应该第一时间去看看医生，世界上百分之九十九的疾病都是可以治愈的，退一万步说，就算真的患上了不治之症，你也有值得骄傲的地方，任何一个人都是有幸从无数的精子中脱颖而出获得了走进这个世界的门票的，你已经看过世界上的风景，欣赏过无数的帅哥和美女，比起那些没有由精子变成人的"准人"幸福得多，身体出状况也不是大事。

生死与上面所说的这些事情大不一样。生意味着你拥有大量时间，可以通过努力去干想干的事情，比如恋爱，比如当父母，比如做生意，比如写作、绘画、搞发明；死意味着生命的了结，一个人活着的时候拥有的东西再多，两眼一闭，一切归为虚空。因此，对于尘世的男女而言，开开心心地活着永远是最重要的，只有活着，我们才有让自己抵达事业的灿烂辉煌、给社会创造某种伟绩的机会。与生死相比，人生其他所有的东西都不是那么了不得。

世界上没有固定的黑色，我们头顶的黑色往往是自己涂抹的。懂得"除了生死无大事"，尽最大的努力消除生命中所有的烦恼，获取原本可以得到的心灵的绿草蓝天，你的世界一定会充满玫瑰的香味。

大度是最好的惜才

1936年10月19日,鲁迅病逝于上海,蔡元培参加了鲁迅治丧委员会,于次日亲往万国殡仪馆吊唁,还送来一副挽联:"著作最谨严,岂唯中国小说史;遗言太沉重,莫作空头文学家。"在鲁迅的葬礼上,蔡元培亲自执绋,并致词说:"我们要使鲁迅先生的精神永远不死,必须担负起继续发扬他精神的责任来。""我们要踏着前驱的血迹,建造历史的塔尖。"1937年3月,《鲁迅全集》编定,蔡元培写信给国民党中央宣传部长邵力子,希望其亲自审查,在出版印刷上予以关照。许广平请蔡元培为《鲁迅全集》作序,蔡元培又花了一个多月时间,阅读鲁迅的主要作品,满足了许广平的心愿,后来又欣然为《鲁迅全集》纪念本题字。

蔡元培为鲁迅做的远不止这些。

1912年,因为种种原因,鲁迅在老家绍兴工作、生活极其不顺，蔡元培将他弄到民国教育部做了公务员。后来蔡元培北上与袁世凯谈判，部务由次长景耀月主持，景次长看不惯鲁迅的愤世嫉俗，想将其除名。蔡元培看到裁员名单后立即予以制止，将鲁迅带到北京，任命他为教育部佥事、社会教育司第一科科长。1916年12月，蔡元培受命担任北京大学校长，马上请鲁迅做讲师——那时，北大有规定，凡是兼职的都只能聘做讲师，但待遇跟教授差不多。要知道，鲁迅是一个没有过硬学历的人，他一生读的最好的学校也就是日本仙台医学专门学校，而且没有毕业，顶多也就是个大学肄业。蔡元培能给他这样一种当时的硕士、博士或国学大家才能得到的待遇，实在是礼遇之至。他还请鲁迅设计北大校徽，这个校徽一直沿用到现在（只是后来在外圈加了英文和创校年份）。1927年，鲁迅辞了中山大学教职回到上海做自由撰稿人，完全靠稿费生活。其时，恰好蔡元培执掌的国民政府大学院招收特约撰述员，月薪三百大洋，其实所谓特约撰述员并没有固定要求，写什么、怎样写，悉听尊便。在许寿裳的推荐下，蔡元培给了鲁迅一张聘书，让鲁迅领取了四年零一个月的补助金，折合黄金490两。有了这笔收入，鲁迅的自由撰稿人做得优哉游哉。

蔡元培其实有的是理由对鲁迅"视同陌路"。

蔡元培在北大做校长时，因为兼行"兼容并包"的信念，北大聚集了大批知名教授。这些教授除了登台讲述自己的研究心得让学生笔记外，大都另发讲义供学生参考。北大经费充裕时，印发这些讲义的费用全由学校承担，没有向学生收费。1922年，学校经费紧张，无力消化此项费用，决定按成本价向学生收取讲义费。这个决定一出，部分学生无理抵制，他们围攻事务部主任沈士远，甚至高呼"打倒沈士远"的口号。某日,学生鼓众拥至总务处门口寻找沈氏,大有不将沈氏揪出决不罢休的意思。蔡元培闻声挺身而出,与学生发生正面冲突,愤怒的学生几乎要打蔡元培。风潮平息后,学校决定开除带头闹事的学生冯省三。鲁迅不但没有替蔡元培说话,还在背后说风凉话:"一回风潮的起灭,竟只关于一个人。倘使诚然如此,则一个人的魄力何其太大,而许多人的魄力又何其太无呢!"

除了对蔡元培处理学潮的方式有看法,鲁迅也很不认同他提携的人才。他在给江绍原的一封信中说:"其实我与此公(指蔡元培——游注)气味不相投者也,民元之后,他所赏识者,袁希涛、蒋维乔辈,则十六年之顷,其所赏识者,也就可以类推了。"

在背后批评还不算,鲁迅后来又到报上对蔡元培公开冷嘲热讽。1923年春天,蔡元培游欧洲归来,发表了这样的谈话:"对政制赞可联省自治,对学生界现象极不满,谓现实问题,固应解决,尤须有人埋头研究,以规将来。"鲁迅不赞成蔡元培的意见,在报上发表了《无花的蔷薇》:"蔡子民(蔡元培字子民)先生一到上海,《晨报》就据国闻社电报郑重地发表他的谈话,而且加以按语,以为'当为历年潜心研究与冷眼观察之结果,大足诏示国人,且为知识阶级所注意也'。我很疑心那是胡适之先生的谈话,国闻社的电码有些错误了。"接着又批评蔡元培:"'以规将来'无非是回避现在,正与胡适当时劝学生进研究室的主张一样。"

要说蔡元培完全不知道鲁迅对他的批评,是讲不过去的。第一,蔡元培交友极广,鲁迅的许多熟人也是蔡元培的朋友,这种不友好的言辞传来传去,一不留神,当事人就知道了。第二,鲁迅有些批评文字是公开发表的,即使蔡元培没看到,他庞大的"朋友圈"也有人看到,何况鲁迅一生结敌那么多,也不排除有少数人拿着鲁迅的文章向一生做着高官的蔡元培"邀功取宠"。然而,蔡元培没有计较这一切,对鲁迅依然爱惜如昔。

蔡元培之所以如此大度,原因只有一个:他欣赏鲁迅的才华。早在1912年,许寿裳向蔡元培推荐鲁迅时,蔡元培即对许寿裳说:"我久慕其名,正拟驰函延请,现在就托先生代函敦劝,早日来京。"后来,鲁迅在专业上的成就越来越大,比如他翻译了《现代日本小说集》《桃色的云》《苦闷的象征》《出了象牙之塔》等大批外国文学与文艺理论著作。新文化运动之后,更是创作了《狂人日记》《阿Q正传》《祝福》等相当数量的中国现代经典小说和大批优秀的杂文、散文;还写出了《中国小说史略》这样的深有影响的学术名著。凡此种种,都使蔡元培愿意放下一己之恩怨。

"大度是最好的惜才",蔡元培没有这样说,但他一生都在这样做。

没钱的穷与有钱的穷

贫穷有两种,一是没钱的穷,一是有钱的穷。

没钱的穷好理解:家庭经济极其困难,吃不上饭、穿不暖衣、住室简陋,一句话,基本生存受到威胁。我曾去过这样一户人家,全家四口人住着十二平方米的房子,男主人有病瘫在床上,女主人得照顾病人无法出外做事,孩子大的9岁,小的7岁,一家人就靠一点低保金和亲友偶尔的资助过活,床上的棉被烂成了絮状也没换……这户人家就是没钱的穷的代表。

有钱的穷是什么呢?这些人生活没有半点问题,有的甚至吃美食、住华屋、开名车,但他们富的是物质,穷的是灵魂。他们出国旅游,喜欢在人家的风景或文物刻上"某某到此一游"的字样;他们上街办事,喜欢将家用轿车开得像赛车一般;他们与人发生争执,不习惯于慢慢说理,而是一拳头砸过去,有时还要加上一句

"老子有的是钱,打死你白打"之类的恶语;他们没有起码的社会公德,闯红灯、购物插队是家常便饭;侥幸做官,则千方百计谋取个人利益。他们偏爱明星八卦,却不喜欢读书;他们希望别人给面子,举止却全无教养;他们爱显出自己的高明,却满口愤青语言;他们希望生活洒脱,却将嫖赌之类视为人生享受的极致……一句话,此类人有钱,有物质生活质量,但没有精神品位,没有吸引他人的人格魅力,无法给这个社会提供正能量。

仔细想来,没钱的穷与有钱的穷在本质上有着很大区别。没钱的穷虽然不能完全排除一个人懒惰、不思进取等等主观的成分,但许多时候,确实是客观因素强加的,比如所处环境偏远,比如家人遭受地震、车祸、重大疾病之类的灾难,他们让人同情,使人生出愿意帮助之心。但有钱的穷往往源于主观因素。魏晋时,石崇与皇帝的舅父王恺斗富,王恺饭后用糖水洗锅,石崇便将蜡烛当柴烧;王恺做了四十里紫丝布步障,石崇便做五十里锦步障;王恺以赤石脂涂墙壁,石崇便用更昂贵的花椒,你说谁逼迫了他吗?没有。石崇如此,现在那些身富心穷的人同样如此。他们不守起码的规矩,做一些引人侧目的事,没有任何外力强制他们,只是他们自己觉得如此可以显耀富贵、豪气、威风,引发他人羡慕或恐惧。

一个温暖的社会最好没有多少穷人。没钱的穷人多了,难免有少数人"饥寒生盗心",社会就不够稳定。有钱的穷人多了,社会就会充满物质崇拜,炫富、炫权、炫名之类的事就会屡见不鲜,社会就会流行门第观念,下层人士上升的通道就会因腐败而堵塞。所谓"社会世俗化"、所谓"阶层板结"、所谓"小圈子利益",无不与一些有钱有权者精神上的日渐贫穷有关。

消灭没钱的穷好办，对身体健康、有劳动能力的人，政府可以加强对他们的观念教育与技能培训，再说，贫困本身也是一种教育，一个人只要有点血性，大概很难长期在别人的白眼中祈求怜悯；对于通过个人能力也无法解决生存问题的人，政府可以托底，使他们保持基本的温饱。

真正有些难度的是消灭有钱的穷。它的难度在于有钱的穷人往往认为自己是不穷的，什么都是高大上，他们骄傲、封闭、唯我独尊，认识不到自己给社会与他人带来的伤害。在这种情况下，用法纪约束便成为不错的选择。你喜欢乱刻字吗？我将你列入旅游黑名单，让你哪儿都去不了；你喜欢飙车吗？我一经发现就处你终身禁驾；你喜欢打架吗？我可以规定谁先动手谁负主动责任；你以权谋私吗？我一旦查明就将你绝对开除，触犯刑律的一律送上法庭……对有钱的穷人约束多了，他们慢慢会习惯规则，慢慢会承担起引导社会的责任。

当一个社会真正以没钱的穷为伤，以有钱的穷为耻，我们才可以成为物质、精神的双重富翁。

人生得意须尽欢

从大学时代起,我一直非常喜欢西方小说和电影,不是因为崇洋媚外,只是由于西方的小说、电影经常充满了各种幽默的对话、滑稽的动作、风趣的情节,就在笑笑闹闹里,一部小说或电影就欣赏完了。西方是一个商业社会,做什么事都要考虑消费者的感受,写小说、拍电影自然也不例外。

西人的这种做法可以用一句话概括,叫作给别人找乐。一个人要给别人找乐,第一得自己快乐。西人是很懂得让自己处于一种放松的状态中的。记得欧洲某国家一高官不久前参加总统竞选演讲,反对者频频向他扔臭鸡蛋,这位高官既没有中止自己的演讲,也没有任何生气的言行,只是耸了耸肩膀、两手一摊说:"扔臭鸡蛋也是民主的一部分",一句话把台下所有的听众都逗笑了。

心情好的时候要"制造"快乐,即使是自己或亲人离开了人世，西人有时也不忘开一开玩笑。罗马尼亚萨本塔地区有一个"快乐墓园"，里面的墓碑一个比一个风趣。有两块墓碑紧挨在一起，周围种满了各种颜色的小花，蝴蝶欢快地在花丛中飞舞，娇艳的花朵簇拥着它们，这是一个船员写给他的妻子的："亲爱的，我再也不用远航了，躺在你身边真幸福！比睡在甲板上舒服多了。就算现在我的卧室和你的睡房还要隔一堵墙。"一位拳击手在他的墓碑上写道："不管数多少点数，我反正不起来了。"有一块墓碑是一位负疚的丈夫为妻子写的："这儿躺着玛丽——约翰·福特的妻子，但愿她的灵魂上了天堂。我对不起她，即使她下了地狱，也比当我的妻子更好受。"一块墓碑上则放着一张婴儿的照片，眼睛大大的，笑容很甜，其父母在墓碑上写着："我们的孩子来到这世上，四处看了看，不太满意，所以就回去了。"穿行在墓地间，人们感受到的不是死亡的阴郁气氛，而是墓主人或其亲人对生命的豁达。现在"欢乐墓园"已在世界上遍地开花。

由西人的"及时行乐"，想起我们的文化。咱们的文化确实有许多好的东西，但它的局限也是很明显的，那就是过分地强调了一个人对社会和他人的义务，而忽视了人对自己应该负有的责任，即人追求幸福、快乐的正当愿望，"存天理，灭人欲"之类的说教更是把这种文化的缺陷放大到了不可理喻的地步，在漫长的时间里，我们的文艺一直是"载道"而非快乐的。这样的文化最容易熏陶出两种人：一是莫名其妙的殉道者，二是故作神圣的虚伪者。

追求快乐是人生的本能，也是人不断进取的基本动力。只要一个人的快乐不超越底线，也就是不把自己的快乐寄托在对社会的侵害和对他们的剥夺上，这种快乐就是天经地义的，任何人都没有理由阻止。一个充满活力的社会，首先就是一个能够经常让人及时快乐的社会。

男人一跪

看历史题材的影视剧,脑子里挥之不去的,不是宫廷的无耻争斗,不是后宫的争风吃醋,而是男人们齐刷刷的下跪。儿子见父母要跪,百姓见长官要跪,臣子见皇上要跪……一个原本高高大大的男人蹶着臀部匍匐在地,形象要多难看有多难看。在一些人必须向另一些人下跪的环境中,位尊者的虚荣心倒是得到了满足,位卑者的人格、尊严则荡然无存。从此,对男人的下跪,我总不免生出一种怪怪的感觉。

然而,生活中确实有着另类的下跪。

1946年,台湾青年陈弘到复旦大学读书,1948年暑假是他大学期间最后一个暑假,他与未婚妻一起度过了一段美好的时光,他们相约大学毕业后就结婚。暑假过后,陈弘回到上海,却再也没有回台湾的机会。作为未过门的儿媳,惠华毅然做了陈家的义女,数年照顾因思念儿子而哭瞎双眼、瘫痪在床的陈母，为去世的陈父披麻戴孝。32年后，陈弘与惠华终于有了一次在日本东京见面的机会，此时两人都已两鬓斑白，陈弘情不自禁跪倒在惠华面前。电影《云水谣》中陈秋水和王碧云两人的经历就曾部分地取材于他们的故事。

想起启功先生的事来。启功的母亲和姑姑相继病倒后，其妻章宝琛不分昼夜精心照顾，让启功非常感动。给母亲和姑姑送终后，启功请妻子坐在椅子上，跪下来恭恭敬敬给妻子磕了一个响头。

陈弘和启功的下跪都显示着人性的光芒，他们的未婚妻或妻子对自己有大恩，而此恩德又不知怎样才能报答，于是，他们选择下跪这个最高的民族传统礼节来表达自己的心意。这样的下跪只关情感，无关尊严。

还有一个男人的下跪全球闻名。1970年12月6日，联邦德国总理勃兰特受邀飞往华沙，开始了自己对波兰的正式访问，受到波兰官方欢迎。波兰军乐队演奏德国国歌时，勃兰特发现波兰人脸上流露出愤怒的表情，这也难怪，他们中很多人曾是希特勒集中营的囚徒。二战中波兰牺牲了600万人，仅设在奥斯威辛的集中营就杀害了近400万人。第二天上午按照日程安排，是向华沙无名烈士墓和华沙犹太人街区殉难者纪念碑献花圈。来到犹太人街区殉难者纪念碑前，出乎所有人的意料，在电视摄像机和闪光灯下，勃兰特毫不犹豫地跪下了。对于纳粹的罪行，勃兰特个人无须负责，他是一名坚强的反纳粹战士，希特勒曾开除他的国籍，并下令追捕他，后来，他不得不亡命挪威。他的这一跪，完全是属于德国总理的"职务行为"，用一位记者的话说是"不必这样做的他，替所有必须这样做而没有下跪的人跪下了。"1971年10月,诺贝尔奖委员会一致同意授予勃兰特1971年度诺贝尔和平奖。当晚德国青年举起火炬纷纷来到勃兰特总理的寓所,向他表示衷心的祝贺。勃兰特的一跪更是超越了一人、一国的得失,表达了一个民族对过去历史的深深反省。

感恩也好,反省也罢,有着各种各样的形式,只要走向真诚就值得我们赞美,并不一定要选择下跪,但我还是为那些高贵的膝盖在关键时候的屈折而感动。我觉得当一个人感恩、反省到需要借助双膝一折来表达感情,他(她)的感恩、反省也就抵达了一种圣洁的境界,一切批评文字在这种圣洁面前都不免显得轻薄。

"男人膝下有黄金",我们的七尺之躯不能随便给人下跪,当我们决意暂时拿掉膝下的"黄金",一定是有一种恩无法让我们不去报,有一种情无法让我们不去动。

第四辑　故乡，尘世最好的天堂

一个能被土地赐予的生命是有福的，在土地赐予之后，还能记住土地的恩情，日日夜夜为她献上自己的汗水智慧，则是福上加福了。

梅花开了十七朵

教学楼前的梅花不觉间红了，不是鲜血一样的红，而是像桃花一样红得淡雅，红得羞涩，红得傲岸，红得让人生出一份牵肉割筋般的疼痛。在冬天一片肃杀之中，这怒绽的梅花所显示的生命意味显得格外引人注目。那几天，天上下着鹅毛大雪，我站在教学楼的走廊上一遍遍搓着双手，心里不停地为梅花祝福，我祝福雪儿早停，也祈祷梅花早些长大。梅花并不理会我的牵挂，它只是按自己的意志绽开着，一瓣一瓣，一朵一朵，几天工夫，树上就像点着一团火了，梅轻轻松松地走过了自己的冬天。

中国人似乎特别喜欢梅，歌唱梅花的诗比比皆是。不过，梅花在不同的人心中，自有不同的意味。陆游的梅是美丽而又寂寞，无人理解的，他的《卜算子·咏梅》这样写："驿外断桥边，寂寞开无主，已是黄昏独自愁，更著风和雨。无意苦争春，一任群芳妒，零落成泥碾作尘,只有香如故";林和靖的梅是特立独行的,《山园小梅》云:"众芳摇落独暄妍,占尽风情向小园。疏影横斜水清浅,暗香浮动月黄昏。霜禽欲下先偷眼,粉蝶如知合断魂。幸有微吟可相狎,不须檀板共金樽",林和靖对梅的高洁极尽赞美。

教学楼前的梅是寂寞的,没有谁给它写诗,因为它生长在文学家们看不到的地方,因为它与一个不知名的城市、不知名的学校联系在一起,甚至它也无法得到我们这些来去匆匆的校园人的赞赏、关注。然而,我却并不因为她出身的卑贱和她的长久被轻视而看低她,她在我心里已不仅仅是一株自然的梅树,更是一种倔强生命的象征。

无法忘记我的学生远怀揣一盏梅花离别这个校园的情景。远左手有些残疾,个子矮小,十七岁的男生居然只有一米五八,他的家境也非常贫寒,父亲英年早逝,母亲体弱多病,是小他一岁的弟弟主动放弃了求学机会,进私人小煤窑挣钱供他上学,他才进了大学的校门。然而,命运就像一个势利小人,偏偏喜欢欺侮弱者。远进入大学的第二年,十六岁的弟弟因为劳累过度患了肾炎综合征,需要大笔医药费,虽然师生们给他捐了不少钱,却依然杯水车薪。为了给弟弟治病,远拖着病残之躯暂时休学去了北方打工。临走时,学校的东西他什么也没要,单单跑到梅树下摘了十七朵梅花放在口袋里,他说他要像梅花一样在生命的冬天绽出自己的花朵,灿烂自己,也灿烂那些关爱他的人。

远去北方已经两年了,两年来,他干车工,为别人推销保险,在建筑工地当小工,为重病人做男保姆,可以说是尝尽了生活的艰辛,然而,他没有向生活屈服,一边拼命地工作,为弟弟寄回了大把钞票，使弟弟得到了及时的救治，一边继续做着大学时代的文学梦，前不久，他写信告诉我：今年一月份某大型诗刊推出他的一部五百行的长诗，最近准备再写一首。

教学楼前的梅花浓艳欲滴地书写在我的视线里，每一朵都像是远瘦弱却又无比坚强的身影。我不知道远何日重归校园，也不知远计划中的另一部长诗写到了什么程度，但我相信远一定是这个世界上少数的几株永远开不败的梅花，这株梅花正在变得越来越艳丽、越来越深厚。我不禁对他生出了几分母亲般的牵挂。

父亲之笔

一直觉得父亲是个优秀的田园诗人,春天他写下水稻、大豆,夏天他写下红薯、绿豆,秋天他写下荞麦、萝卜,冬天则写下油菜、小麦,每一首诗都那么郁郁葱葱、元气充盈,让人从心底里生出温暖。父亲用来写诗的笔是他的各种农具。

父亲是一个喜欢置办农具的人,我可以轻松地说出家里许多农具的名字:砍刀、小挖子、禾镰、竹扒、锄头、钯头、铁犁、铁钯、木钯、扮捅、耕牛。父亲不喜欢向别人借农具,他一向不善言辞,平时很少跟别人打交道,更不愿意在这种节骨眼上求人。此外,还有一个原因是父亲很勤快,开垦了不少土地,自己家里工具齐全些,可以随手拿着走向田间地头,节省许多时间。

父亲最珍视的农具有两样,一是犁,一是耕牛。我家的犁架是用上等的杉木做的,杉木轻巧,可以节省力气;犁坯使用的是当地能买到的最好的生铁，锋利结实且富韧性。老家是山区，村里又没有江河潭湖，经常出现干旱，农田在秋天以后都是旱得开着很大一条裂缝的，如果犁耙功夫不到家，稻田就会漏水，影响收成。父亲犁的田却从来没有漏过水，这一方面当然是因为他做事认真，翻耕稻田时每个角落都会犁到，另一方面也与他善于造犁很有关系，犁造得好，能够深入田里的"死角"，裂缝容易堵住。记得我读大学那几年回乡帮着父亲搞"双抢"，经常可以看到一些乡亲向父亲借犁，说我家造的犁比他们自己造的好用，父亲总是高高兴兴地借给他们。父亲不仅善造犁，还非常注意保养。每次犁完田，他都会到附近的塘里把犁冲洗得干干净净，然后在敞阳处阴干（犁因为吸水太多，不能在太阳底下晒，否则犁架很容易开裂），他的犁坯总是闪着白晃晃的光，而不像村里某些人的犁一样上面总是盖着一层土色的铁锈。

我家有头好牛，这也是父亲很自豪的。我家的牛是母牛，它有一身深黄色油光发亮的毛，头部较长，长相清逸，性格温驯。它犁田时从不惜力，又特别有悟性，父亲的每一句吆喝，它都能听懂，该快就快，该慢就慢，叫它直行就直行，叫它拐弯就拐弯。它工作努力，却不计较待遇。放养时总是围着一小块草地吃得团团转，茅草、蒿子、雷公藤、野苎麻叶来者不拒。冬天圈养时，就吃稻草、瘪谷，偶尔吃上一顿干薯藤，它会把这个当成过年，吃了就快快乐乐地唱歌。这牛还特别重感情。父亲患了骨质增生病，腰老是伸不直，走路的速度自然受影响，同样的时间我们走三步，他顶多走两步。因为走得慢，他随别人一起去草山放牛时，那些牛们常常把他甩在后面。然而，走一段路发现主人没来，我家的牛会让其他牛先走,自己静静地站在路边,也不吃草,只是一遍又一遍叫唤,父亲知道,这是牛在喊他了。于是,他会尽可能加快步子赶上去。早几年,我不让父母再种田,父亲一定要留下那头牛,说这头牛好养,我强迫他把牛卖了,父亲满眼都是泪花。我知道,在心里,父亲不是把这头牛看成是普通的农具,而是将其当成自己的朋友的。

父亲真心地喜欢他的农具,就像我喜欢自己写作用的电脑一样。父亲用他的农具诗笔写成了一首首美丽的农事诗,写老了自己,写大了我们。

父母间的电话

五十岁之后,父亲一心在家务农,不再出去做临时工,父母也因此得以天天生活在一起。印象里,父母之间打电话,一般都是一种情况:他们中的一个来我城里的家小住,到达后打一个电话报平安,回去之前再打一个电话通报消息。话说得极少,时间上每个电话不会超过30秒。

父母之间称得上常通电话的,是母亲最近来我家小住这段时间。我们夫妇都在湖南一所大学供职,妻在一个系做教务干事,我在另一个系做专任教师,每到期末,妻要管考务、分发、回收试卷,我得监考、评卷、写作,忙得中午做饭的时间都没有,我们两人还好解决,学校有个教工食堂,口味不错,价格也比外面实惠,但女儿正读高三,中午是要回家吃饭的。不得已,1月中旬,妻给我的母亲打了个电话,希望她来帮帮忙,父亲已是七十高龄,又有晕眩病，我们姐弟兄妹都在外面，母亲本来很不放心父亲一个人在家，但父母都是非常替儿女着想的人，接了妻的电话，母亲答应了。

母亲的工作相对清闲，就是给我们做中午、晚上两餐的饭菜，有时附带洗点衣服，一天的空余时间比较多。到我家之后，每天10点钟左右，她一定会打一个电话给父亲，上午没打通，就下午打，下午没打通，晚上再来。母亲过问父亲的吃穿、娱乐、健康状况，告诉他冬天的某件衣服放在柜子的哪一层，袜子放在哪个抽屉。一天，气温骤降，妻子张罗着给每张床都加一床垫被，母亲见状，立即拨了个电话回家，嘱咐父亲床上多垫一床被，把盖被也加厚一些。父亲不肯加，母亲絮絮叨叨地做他的工作，直到他答应，母亲才放下心。

我们的事情一忙完，母亲就显得心神不宁了，然而，老天似乎并没有体会到她的心情，接连七八天都是冰雪天气。母亲每天必做三件事：先天晚上七点多锁定娄底电视台的天气预报，第二天早晨起来推窗看外面的雪是否化了，打电话回家时老是问父亲老家的冰冻有没有解……我知道母亲是在牵挂已共同生活五十多年的父亲。

父亲是知道母亲的心思的，昨天父亲专门打电话来，嘱咐母亲千万不要急着回去。理由有两个：天气奇冷，母亲也是七十岁的人，他担心她冻坏；二是镇里通到我们村里的班车暂时停运，母亲回去找车会很麻烦。父亲打这个电话也是下了决心的。老家因为大雪压断了电线，已停了七八天的电，父亲看不成电视，在家完全无事可干；外面冰层又厚，去邻居家串门也不方便，内心的寂寞可想而知。然而，为了母亲的安全，父亲却甘愿忍受这种二十年来他从来没有经受过的寂寞，由此可见母亲在他心中的重量。

父母都是普通的农民，他们只上过一两年学，三千常用汉字都认不全，给亲人写信也得委托别人，他们从来没有在孩子面前有过任何亲昵的举动，我猜想以他们的文化和见识，很难明白爱情是个什么东西，更不知道一个人应该为爱情做些什么。他们彼此的那份关心，其实是出于多年相濡以沫的一种习惯，是面对自己亲人的一份本能的无私。它不同于小说、电视上的那种浪漫至极的爱情，与情调无关，却直指人心。

父母间的电话，说穿了，就是交出自己的心，再把对方的心揽过来。

有种原料叫母爱

我现在对节日的感觉非常迟钝，除了春节，几乎什么节日都不记得。这一方面是因为我实在太忙，没有时间去管这些东西；另一方面也因为我心里没把节日当回事，反正天天大鱼大肉，有节没节一个样。小时候，我绝对不会忘了节日，过节的时候，母亲总要千方百计地做些好吃的，这些好吃的时时刻刻提醒我这一天与平时的区别。除了过年（我老家把春节叫过年），我们家最看重的节日有四个：元宵、立夏、端午、中秋。在我们那儿，元宵和中秋没有特殊的节令食品，只是菜碗里多了平时见不着的荤菜，端午和立夏是有特色食品的，端午是粽子，立夏则是糯米丸子。

我最爱吃母亲做的立夏糯米丸。每年的5月5日或6日即是立夏，节日到来的那天，母亲就会用清水把堂屋里的石磨冲洗得干干净净，等石磨晾干，再倒进颗粒饱满光彩照人的糯米，耐耐心心地磨着。石磨一圈圈地转，从磨口流出来的粉儿像水帘一般不间断地泻下来，白白的，软软的，飘飘的，让人恨不得抓一把生的扔进嘴里。看着母亲推磨辛苦，本来懒到极致的我有时也心血来潮地提出帮她推一回，母亲不让，说：好好温功课去，我不累。

  磨了粉，接着就是搓丸子。母亲端出一个直径超过半米的瓦盆，轻轻地把磨得细细的糯米粉倒进盆里，加进水，用双手使劲地揉，上面的揉好了，再把底下的翻过来揉，目的是避免干粉团。揉好糯米粉，母亲会从盆中随手抓出一团搓成圆滚滚的丸子，然后再在丸子上扒开一个小口，将棕色的红糖、炒香的白芝麻、剁碎的腊肉等馅料放进去，最后再把口子封上。家里人多，丸子自然也做得多，印象里，我们家里每次蒸立夏丸子用的都是可装好几斤食物的大搪瓷盆。丸子刚刚蒸熟上桌，那浓浓的香味馋得我们姐弟兄妹五个争先恐后把筷子伸进盆里，一个个像刚刚放出围栏的饿虎。其实，我们平时吃东西很懂得谦让，唯独过节，因为知道母亲食物准备得比较充分，也就不再像平时那么斯文。母亲没有一次制止过我们的"乱来"，看到我们吃得高兴，眼角眉梢都是笑意。

  1981年，我离开老家到城里求学，以后又被分配到另一个城市工作，从此再也没有吃过母亲做的立夏丸子。这自然怨不得母亲，我一般一年只回老家两次，一次在暑假，一次在寒假，从来没在立夏前后回去过。那年过年，我非常好奇地问母亲这些年立夏是否还蒸丸子，母亲说不蒸了，你们都不在家，就我们两个"老家伙"吃，做起来没劲，我的眼角不觉有些湿润。

  以我现在的经济条件，想在城里吃几个立夏丸子实在易如反掌。商店里虽然没有现成的卖，但有的是糯米粉、红糖、芝麻、腊肉之类的东西，回来只要稍稍加一下工就成。然而，我从来没有动手做过。我知道城里的立夏丸子再好，也赶不上母亲做的。母亲做的立夏丸子，所用的原料不仅有老家甜甜的井水、质地柔软的糯米、松口细嫩的腊土猪肉，更有她对子女深深的、不求回报的爱。世界上什么东西都可以替代，唯有母爱不可以。

想栽一棵树

一直想栽一棵树。

在乡下生活的时候,屋旁有一块五六十平方米的空地,那是建完房子后余下来的。父亲在空地里栽满了香椿、杉树、水桐,每到春天,大大小小的树都绿汪汪的,美丽至极。那时我就想自己亲手栽一棵树,但父亲不允,他担心我一个小孩儿栽不活树,浪费了树苗。长大后,我进了城里一所大学教书,国家提倡绿化,还特地设了个植树节,但单位图简单,每年都把植树的任务摊派给了学生,我因此无法一偿宿愿。我所在的城市是全国森林模范城,四处绿树成荫,但大街小巷没有一棵树是我栽的。走在浓浓的树荫下,我每次都有一种霸了别人财物的感觉。

闲了的时候,总问自己:假若有机会栽一棵树,栽什么样的树合适呢?松树只要有种籽掉落到地上可以自己长出来,我小时候就经常看到一棵母松周围长着七八株高矮不同的小松树，栽松树有点多此一举；栽白杨呢，这种树生长快，干儿直，叶子好看，但它太容易活，随便扦插一下就成，栽种它缺少成就感；种广玉兰吗？广玉兰的花又大又香，也白得很纯净，可广玉兰树姿态不美，就像一个美女，脸庞不错，但气质太差，总是一种遗憾；栽法国梧桐？此种树到了秋天树干会部分脱皮，斑斑驳驳，树叶会由绿转黄，很有一种沧桑的意味，不过，它也有一个很大的缺点，易生毛毛虫，人在树下过，一不留神，就弄得你满头满身都是虫儿。那么，就种樟树吧，樟树的叶片像铜钱一般，叶子的密度很大，而且它的树冠面非常可观，夏天坐在树底乘凉妙不可言。要不，就栽雪松，雪松的针状树叶绿上铺着一层微微的白，像是覆盖了一层薄薄的雪花，美丽得让你心疼，它的枝条绵软又充满韧性，且呈波浪式的伸展，树干也非常挺拔，我特别喜欢。

栽了树，当然得关心它了。树小的时候，我得浇浇水，施施肥。浇水我绝对不用自来水，自来水有明矾、漂白粉等化学物质，我担心它伤害树根。我要去三里外的孙水河挑水，这条河是本市的饮用水源，水质不错，人喜欢，料想树也喜欢的。肥料呢，我也不会用化肥，化肥容易使土壤板结，我会扯些青草、捡些绿叶堆在树的根部，让它们在自然的风吹雨打中慢慢腐烂，变成黑黑的腐殖质。树大了，不需为它的成长操心了，我有空就去陪它，春天倾听叶芽的私语，夏天共享浓荫的秘密；秋天了悟果实的心声，冬天感受树干的伟岸……我得让这棵树明白：它是我生命中不可分割的一部分，因为有了它，我的生命有了寄托，我的日子有了精彩。

古人早就说过"纵有千年铁门槛，终归一个土馒头"，人生永远是一趟单程旅行,一个人活得再得意,也总有老死的一天。当我老了的时候,我真诚地希望有一棵自己栽种的高大挺拔的树可以倚靠;当上帝决定终结我的生命,我渴望这一棵属于自己的树能给我最后一个温暖的拥抱。我知道一个人一生中种过一棵树,这棵树能让自己安身立命,能为别人遮风挡雨,他的生命就不会真正消失。

被土地赐予

早稻收割的时候,学校也放暑假了。轰隆隆的打稻机声响过,我会提上一个用薄薄的竹篾织成的提篮,以运动员百米冲刺的速度奔向村前的稻田,拾捡落下的一株株稻穗。

稻田是生产队的,遗落的稻穗有的是割禾的人只图快没割断,更多的是传禾手(湘中一带的人们对未脱粒的稻把的称呼)的人没拿干净。干多干少报酬一样,狡猾的人就会偷懒,丢下点稻穗算什么?生产队的规矩是上午打完禾下午犁田,下午打完禾第二天上午犁,我得利用中间的时间差去实现自己小小的梦想。在物质极端缺乏的时代,粮食对于一个家庭的意义甚至超过了钞票,何况,我们姐弟兄妹五个,个个都在长身体,对食物的需求也就显得更加突出。拾捡稻穗的孩子很多,想获得优势,只有两个办法,一是抢在别人之前赶到稻田里,二是众人一起捡时最先冲向目标。抢在别人之前赶到稻田的机会不多,我能做到的只是尽可能眼尖手快。湘中的稻田几乎全是水稻,捡一次稻穗,常常脸上、身上到处是泥巴,那模样比戏曲里的小丑还滑稽,稻田泥深,也特别耗力。更恼火的是,有时几个人同时到达那里,还得为一两枝稻穗干上一架。不过,每次看到自己拾的黄澄澄的稻穗被母亲用手捋下,然后用团箕一盘盘地晒干,再倒进家里的粮柜,心里就充满了一种非同寻常的成就感。

除了稻穗,我还捡过豆荚和麦穗。麦穗是在五月份收割,只有放学之后才可以去拾,大豆的收割比早稻早一点点,也在暑假里。捡豆荚、麦穗与拾稻穗不同。水稻收割时,有震耳欲聋的打稻机递送情报,而割豆麦时声音很小,几乎可以忽略不计。想捡豆麦,我得先侦察哪个生产队在收割,等人家清了场,再哼哼唱唱地走进去。不过,这样也有个好处,一旦发现一个目标,少有人抢捡,最多的时候,我捡过满满一竹篮豆子。为了表扬我,母亲还曾用我拾的豆子做过一次豆腐呢!

如今,老家的孩子几乎没人再拾捡稻麦和大豆,他们的父母至少有一方在外面打工,孩子除了完成繁重的学业,还得为留守的长辈分担一些家务,再说,现在的农产品价格偏低,一个民工菲薄的月薪也能买千把斤粮食、七八百斤大豆,人们不再像以前一样把稻穗、麦穗、豆荚之类看得那么金贵。我十五岁的女儿更不会在"拾穗"上接班了,她出生、生长在城市,从小熟悉的是车水马龙的街道,十几、二十层的高楼大厦,漂亮、时尚的公园和广场,稻、麦、豆三种植物,她只看到过水稻成熟的样子,不要说自己亲手拾捡稻穗、麦穗、豆荚,她想都想不到世界上居然还有那么一种活计。世事常常在不经意中改变着模样,让在岁月的土地上跋过山涉过水的人无限感慨。

一代人有一代人的生活,社会总会在阳光和风雨中不倦地前行,我从不为下一代人的快乐、幸福担心。我真正想告诉我的女儿和那些乡村的孩子的是:一个能够被土地赐予的生命是有福的,而在土地赐予之后,还能记住土地的恩情,日日夜夜为土地的五彩缤纷献上自己的汗水智慧,则是福上加福了。

城里的绿与乡下的绿

这座城市是远近闻名的国家森林城，城内老树参天、芳草遍地、花香四溢、蝉鸣鸟喧，连天空的云朵都像是被水洗过一样。走在其中，会不自觉生出亲近之心。然而，在城里生活了将近三十年，我却依然会想起老家的树与草，想起那些天然的绿。

城市的绿是单调的。我所在城市的街道绿化做得非常好，最宽的大街往往有8排树，左右各4排，然而，它们的品种却有限，区分机动车道与非机动车道的绿化带中的树是广玉兰，在非机动车道与人行道之间的是法国梧桐，靠近建筑物的一排是雪松，另一排是这个城市的市树——樟树。一条大街少说也有5公里吧，树的品种才这么四个。当然也还有些花、有些草，但它们的品种也不过三五个，比如兰草、杜鹃什么的。想想我的老家，不要说5公里长的一个地带，就是一块四五百平方米的山地，植物的品种少说也有30种，老家的树我记起来的就有松、杉、桐、茶、栗、樟、梓、枫、蜡、石榴、枣、桃、梨、橘、柽，更多的我根本叫不出名字；至于花草，我想起的就有狗尾巴草、野苎麻、车前子、马齿苋、冬茅、芦苇、荆棘花、野菊花、映山红、月季、紫云英、油菜，它们的花瓣五彩缤纷，叶片绿得滴油……置身于春天的山野间，简直就像走进了一幅印象派的油画。

城市的绿活得太累。行道树、公园里的灌木丛等等，都被束缚在某种固定的形状里。比如行道树一株与另一株之间是等距的，每一排都呈直线展开。公园里的灌木丛则被修剪得一样高，还会被人为安排成某种正方形、长方形、三角形的图案。乡下的绿则非常野性，它们想长在哪儿就长在哪儿，想长成什么形态就长成什么形态，没有一个村人无聊到要将房前屋后、山坡谷底的树木移植到某条直线上，或者将漫山遍野的灌木按照某个规矩修剪一遍。南方的乡村如此，北方的乡村也同样如此。也许因为城里的绿无法按自己的意志生存吧，它们慢慢地变得娇气，树需要一棵一棵移栽，有时还要吊挂各种营养液才能活着，不像乡下的树，任何一个角落都可以安身，而且凭自己的力量繁衍子孙，哪棵乡下老树周围，没有中年的树、青年的树、少年的树呢？老老少少、大大小小的树们历经风雨沧桑、火烧刀砍，依然元气十足。

城市的绿也有些小家子气。你在城市里可能看到一片白杨或者桦树，但它们一般都是被城市割成一块一块的，大则千把平方米，小则百十来平方米，而且十之八九是在平地展开。乡下的绿则是极其豪放的，一绿就是多少平方公里，莽莽苍苍、无边无际。我的大学是在长沙岳麓山读的，那个时候我最爱干两件事。每年秋天站在湘江一桥上看郊区的麓山红叶，那些红叶红得纯粹，似乎每一片都被血染过。每年春天我会去山间走走，尽管我走了四个春天，也没走完岳麓山的百分之一，然而，有那么几年眺望烟波浩渺的绿涛，倾听五颜六色的花香，呼吸悠悠的鸟鸣，人生也就多了一种别样的体验和回忆。

我热爱城市，城市可以使我们感觉到物质生活的舒适和方便；我也同样喜欢乡村，乡村有着大自然的真正的精华，有着我们渴望的极致的自由和性灵，更有着我们的心灵永远无法摆脱的原乡。

行走的背影永远美丽

头发整齐中略略有些凌乱,眼睛聚精会神地望着远方,像是要捕捉些什么,又像是要驱赶什么,嘴角呈示着一抹不经意的微笑……

这是一张惟妙惟肖的头像剪纸,模特是鄙人,剪纸的作者是剪纸艺术大师李希特先生。

第一次见到希特先生是在2006年市里的春节联欢晚会上,主持人首先介绍了希特先生的成就,然后由他的一班学生当场做剪纸表演。学生剪完后,希特先生出场,他个子不高,身子有点胖,脸儿圆圆的,慈眉善目,一副童话中的老外公形象。那天的剪纸是两条翘着尾巴的鱼,那鱼就像刚从池塘里捞出来的,活灵活现。我从此深深地记下了这一个初次相遇的名字。

2006年八月底,市里召开第三届文代会,我作为市直代表、希特先生作为县市代表与会。还在大会开始前,我的忘年交、戏剧家戴祖尧先生就热心地介绍我跟希特先生相识,并建议希特先生为我剪一个头像。开完上午的会,我如约来到希特先生所住的房间,那是会务组特地为家住外地的代表安排的。房间里的什物很整齐,向我诉说着主人生活的严谨。希特先生嘱我坐在床沿、两眼紧盯窗外,他从袋里拿出剪刀、纸张,瞄了我几眼,就下剪了。两分钟的样子,一帧精美的人物剪影就交到了我手里。

今年74岁的希特先生的生活非常坎坷。因为受到右派哥哥的牵累,希特先生初中没读完就辍了学。干过农活、打过零工,农村人吃的苦,他全部吃过。祖母酷爱剪纸,村人有娶亲、建房之类的喜事都会请她,希望借她的巧手增加喜气,希特先生耳濡目染,从小就对剪纸情有独钟。长大后,希特先生做过14年民办教师,家里人口多,经济来源非常有限,他便画画,准确地说,是画像。村里老人过生了,或有了别的什么事,想把自己的影像留下来,就会找他。农村里的人文化低,欣赏美术的能力有限,他们评价一幅画的标准是像不像。为了画得像,希特先生狠下过一番功夫,他的人像十里八乡都很著名。30多岁的时候,他改行进乡文化站,从事群众文艺工作,后来又到了双峰县文化馆,这个时候,他开始专攻剪纸和刻纸。他刻过花、美术字、动物、房子,剪过千多张人物肖像。他的创作室的墙上贴满了自己几十年创作的优秀作品,有描绘知识青年上山下乡、当年农业学大寨大会战、毛主席站在怒绽的梅花前的大型刻纸,也有大学校徽、今人古人格言等小型刻纸,张张构思精巧、刀法细腻。希特先生剪人物有个绝招,那就是能在瞬间抓住人物脸部特征、神态,一剪到底,决不修修补补,剪下头像之后外框非常完整，这外框又成了另一种头像，就像木刻的阴阳刻。

希特先生获得过许多荣誉，1995年联合国教科文组织和中国民间文艺家协会联合授予他"民间工艺美术家"称号；2000年1月，湖南省群众艺术馆、省剪纸研究会颁给他"剪纸艺术大师"称谓；他的作品曾荣获"中国剪纸德艺双馨奖"、"2004全国剪纸邀请赛金奖"，并选送国外展出，入编《中国剪纸艺术研究》等多部专集。其从艺事迹还载入《中国当代剪纸家》、《中国民间工艺美术家名典》等辞书，《湖南画报》、《长沙晚报》、湖南经视等媒体曾予专题报道。面对众多的荣誉，希特先生依然满脸平和。或许就是这份甘于寂寞的精神，使老先生在剪纸的道路上一步一个脚印，终于抵达了某种常人不及的高度。

行走的背影永远美丽。

让心做个邻居

我一向喜欢聊天。大学毕业那阵,同时分到这所高校的有好几个年轻人,我们个性、经历各不相同,但很谈得来。聊起天来动不动就是半个通宵。在我看来,聊天至少有两个好处,一是增长见识,人生有涯,不可能什么都去经历,没有经历过的事听别人说一说,比胡乱想象可靠得多。二是打造友谊,友谊不是天生的,它要靠一种有效的方式去培育和维护,聊天是最重要的一种。因为有了上班之余的聊天,最初几年,我们在物质上是贫穷的,在精神上却是快乐的。

后来,几个年轻人像流云一样散去,三个考研去了外省,三个因为工作调动去了外地市,十多、二十年难得见一次面,在一起聊天的机会极少。我在这座城市自然也"发展"了一些朋友,不过大家都很忙,玩得好的,能够坐下来静静地聊上一两个小时,相当数量的朋友只是停留在路上碰到点头打招呼的阶段。也难怪，现在的人工作压力大，上班没干完的事下班还得继续干，加上娱乐方式也多元，有空的时候可以唱歌跳舞、打高尔夫球，可以玩电子游戏、搓麻将，谁还稀罕老掉牙的聊天呢？不过，在我，那份失落感却显而易见。

一个偶然的机会，我走进了网络。最初是胡乱地在网上找些人请求其通过验证，为了提高通过率，还在说明栏里写下了这样一段文字："一个喜欢读书、旅游的娄底哥哥，渴望与你共享交流的快乐。"也许是因为我比较坦率吧，我的网友们绝大多数通过了我的请求，我一夜之间拥有了近百个QQ"好友"。

我是用电脑写作的，打字速度达到了专业水准。刚刚跟网友聊天的时候少则一对二、一对三，多则一对五、一对六。聊天有些滥不说，话题也很俗套，先是"你好"、"很高兴认识你"，然后就问"单位"、"职业"什么的，像国家安全局的特工，遇到别人询问我的有关情况时，我也是一点都不隐瞒。稀里糊涂地聊了一阵，我发现自己与一个网友特别投缘，她爱好文学，写得一手很漂亮的散文，也善于开拓话题，于是，我的QQ变成了她的专线。我们聊天的话题非常丰富，工作的压力、生活的烦恼、文学的感悟、读书的收获……我上网做其他事的时候，一般都喜欢挂着QQ，就是考虑到这位好朋友在网上又有兴致找我聊天的时候，不能错过。

一次，我因事赴那座城市，闲了的时候约网友见面，虽是初次相见，彼此却没有一丝半点的拘束。拘束什么呢？两人都了解对方的主要情况，姓名、年龄、单位、爱好、婚姻状况、梦想……连相片也在网络里发过。两个人老朋友式的神情，让同去的几个朋友都感到惊讶。这真要感谢现代科技的神奇了,一根细细的微不足道的网线,居然能沟通不同性别、年龄、职业、地域的人,使原本陌生的彼此产生熟悉、信任、好感和渴望接近的冲动。

中国人讲到人与人的关系时,喜欢用心心相印这个成语,心心相印当然好,不过,这其实是很难做到的境界,它要求双方有共同的文化背景、相似的生活经历、一致的人生理念……我们更多的时候只能尽量敞开自己,让自己的心与别人的心做个邻居,各自独立,又相互靠近和欣赏。

面对面聊天也好,网络聊天也罢,其实都是我们寻找心灵邻居的一种努力。

围墙外的大槐树

人有时会天生地喜欢某种东西，这种喜欢说不出道理，也未必与过去的情感、生活经历之类扯上什么关系，我之爱树就是如此。

单位的围墙外有两棵大槐树，每一棵都有二十来年的历史。这块地原本是单位的备征地，老百姓在此建房需经单位同意，多年来一直空着。后来单位某个头儿松了口，一栋四层民房也就拔地而起。随着房子的竣工，槐树也在屋前安了家，一天一天、一月一月地成长着、茂盛着，成为我们这个家属院一种动人的风景。

我日常生活不需路过大槐树，我家的房子坐南朝北，单位出出进进的大马路也是朝北面开着的，而槐树却位于我的住所的西南方向。不过，倘若我要去院子里的小花园或单位第二老年活动中心，大槐树覆盖下的水泥路却是必经的。两棵槐树都有十五六米高，它们的叶片是卵形的，二十来片小叶连在一条长长的叶脉上，组成一扇扇大叶，像极了孔雀的羽毛。每到秋天，一串串风铃似的白色花儿吊在密密的树叶间，如捉迷藏的美女的脸，又像闪闪烁烁的星星，妩媚至极。只要有事在那条路上走，我一定会潜意识地望望树顶，树也像善解人意似的，不时给我一些惊喜：有时是几只披着五彩缤纷的羽毛的小鸟，有时是一个结构精致的鸟巢，有时是一两片与周围的槐叶大异其趣的叶子，有时是刚刚发出的一个花蕾儿……相处久了，不禁感叹，树真是一种可爱的生灵。

那天中午正睡在床上，突然听到窗外有许多人在吵吵嚷嚷，开始以为是某些人在吵架，仔细一听，好像又不是，更像是有人在做某件事，另一些人在帮着出主意。二十分钟左右，突然有一种排山倒海般的哗啦声传来，我心里不由得一紧，附近有些破旧的待拆的民房，千万不要出什么事，再次仔细一听，没有呻吟声，没有呼天抢地的哭喊声，看来我真的是多心了。

下午读了个把小时书，总有些心神不安。我放下书去院子后面的第二老年活动中心玩，走过那两棵大槐树下，天天见到的巨大的槐树不见了。扒着围墙一看，几段被切断的树干靠着围墙，新鲜的断口汩汩地流着浓浓的树浆，像在向人倾诉着自己的痛苦与无奈。我的心像被重重地刺了一下，我知道自己的生命中有一种东西将永远不复存在。

想起以前看过的一个资料。在德国，即使是自家院子里的树，只要长到一定的年限，修枝也好，砍伐也罢，都必须经过当地政府有关部门批准，否则，就会吃官司。德国人的逻辑是：树是你的，环境却是大家的，绿树的存在有利于环境保护，你在自家院子里干别的事可以，砍树却必须慎之又慎。

每个国家都有自己的法律,这种法律既基于政治理念,也源于既有的文化传统,年过不惑的我绝对不会幼稚到企望自己的国家照搬别人的条文。只是有个疑问老是盘桓在我心中:咱们的树一旦贴上私产的标签,怎么就那样容易被砍了呢?

围墙外那两棵大槐树,你能告诉我吗?

手迹

我一向认为：手迹最能反映一个人的性格，笔锋矫健、文字不喜欢勾连的人，其个性也刚劲、果断；字迹圆润、连笔频繁的人，性格往往趋向温和、柔弱；文字笔路变化多端而且无迹可寻的人，性情必浪漫、奔放……我的一个朋友说：人的习惯就像一个多嘴男人，无论你怎么隐瞒自己的内心世界，他都可能在一瞬之间泄掉你的老底。手迹其实就是人日常习惯之一种。

我非常喜欢读名作家的手迹。我在一所三流大学做老师，业余又喜欢弄点文字，出差、旅游的机会极少，更不要说去文学馆和某某作家纪念馆之类的场所"发掘"作家们的手迹。我读到的名家笔迹十之八九是一些文集中附录的影印件，鲁迅、沈从文、周作人、胡适、林语堂、徐志摩、朱自清、闻一多等人的手迹都是这样接触到的。当然名作家的手迹看得少，不等于完全没看过。我的抽屉里就珍藏着当代著名诗评家、散文家李元洛老师写给我的两封信。四年前，我有一件事必须及时办理，请只见过一次面（见面的方式是我读大学时他在台上侃侃而谈台湾诗歌，我在台下聚精会神地听）的李老师帮忙，身为大名家的李老师不仅热心地替我办好了事，而且先后给我写了两封信，通报办事的进程和处理的结果。李元洛老师的字潇洒、豪放、无拘无束，跟他本人爽朗、热情、乐观的性格相得益彰，这两封信我视若珍宝，一直秘不示人。十多年前我也得过知名诗人彭浩荡先生一信、90年开笔会还获得过牛汉、张志民等诗人的签名，由于搬家，都已散佚，真是心痛。

现在这个时代越来越难以看到名作家的手迹了，这常使我不免生出几分遗憾。手迹的主要居留之所是文章，如今作家们的文章大都是用电脑打出来的。电脑对于写作的好处自不必说，比如快捷，一篇万把字的文章，三四个小时就可搞定；再比如整洁，不管你字写得好不好，也不管你这篇文章曾经涂改得怎样一塌糊涂，反映在卷面上，总是美丽得像一个十八岁的少女。然而，电脑也带来一个毛病：它日甚一日地蚕食着作家的手迹，消弭着作家在书法上的个性。也许有人会说：电脑字同样五彩缤纷，WPS2000中文字体就有70种，小5号以上的字号有11种，还加上空心、勾边、阳文、阴文、立体、阴影、渐变等修饰，至少可以变出几千种花样，比专业书法家凭手工弄出的花样都要多上许多倍，更不要说"非专业"的作家了。然而，你想过没有：这些字的花样再多，也是事先由程序设定的，不同的作家，只要设置的卷面程序一致，打印的文稿，文字形态绝对一模一样。这样的字没有灵性，没有浸染写字者的个人阅历和审美上的追求，没有最基本的生命意味，面对它们，我们怎么可能真正进入作家的生活和心灵，又怎能产生那份面对圣物般的激动？

任何一个时代都有它特定的生活方式，每一种生活方式都会派生一系列与我们的心灵相连的事物，手迹就是其中的一种。在我看来，最理想的人类生活应该是既拥有所处时代提供给我们的一切物质方便，又最大限度地避免科技发展带来的那些负面效应。手迹，你慢些儿走！

祖先的村庄

那座山到底多少岁,谁也无法说清,只知道我祖父的祖父还活在人世的时候,它就静静地矗立在这一片群山中。山不名,景致自然也普通,树木多是江南常见的松杉栗枫,山花的种类也有限得很,春天主要是杜鹃,秋天大多是菊花,另外夹杂着一点柽木花、荆棘花。大人说山里原先是有原始森林的,里面的植物多得叫不出名字,还活跃着狼、豹、熊等许多动物,1958年大跃进的时候毁了,我出生得晚,无缘一睹那座山昔日的风采,看到的林子都是单调的人工林。所谓"天工人可代,人工天不如",这其实是人的狂妄自大,很多时候,人根本无法拗过大自然的意志。

山叫对门山,属于某个祖先的即兴命名之类,全国九百六十万平方公里,就有九百六十万个这样的名字。

我的祖先神定气闲地住在山里,更具体一点说是山坡上。山脚

"生活"着的是一个流亡到湖南的江西人的儿子，也是第一个在我的老家出生的姓游的男人，论辈分，我祖父得叫他曾祖父。山腰是我的祖父祖母、叔叔和几个伯辈，山顶是一座超过四十个平方米的圆形的墓园，修于三十年代。墓园有三块大的墓碑，正中的一块最高，刻着我太曾祖父兄弟以及他们配偶的名字，两侧陪伴的是他们各自的儿子，这是山里最大的一个家庭。墓园的石块从几公里外的深山取来，被錾子錾得光滑如镜，这自然难不倒我修墓的先人，家族里有的是石匠。

在农村生活的时候，我一年走访祖先两次，一次是清明，一次是大年初一，清明挂青，大年初一给祖先拜年。18岁后，我走出故乡，为谋稻粱，回去得少了，只有大年初一去山上为逝去的长辈作揖叩头。我行礼决不与人说笑，倒不是相信人神相通这样的鬼话，只希望静静地向祖先表示尊敬，领受他们无言教诲。

祖先们不舍昼夜地守护着脚底那个小小的村庄，像守护一条奔腾不息的河流。在他们的庇佑下，小村从来没有过大灾大荒，一年两季稻子，至少可以顺利地收到一季。村里人极爱体面，穷了，可以挨饿，可以东借西赊，但绝对没人做乞丐、当妓女，更没人偷偷扒扒。男人勤于养家，一年年奔波于外，女人温柔贤惠，用心操持于内。村人也讲义气，有了稀奇的食物，你送给我尝鲜，我送给他解馋。村里虽然没有漂亮的洋楼，没有大富大贵的人家，但有一股静气，一种安然。也许正是这种静气和安然造就了一个家族严谨的道德操守，有史以来，村里没人进过警察局。

我是村庄第一个向远方"叛逃"的子孙，现在这样的子孙越来越多，考学的，打工的，做老板的……我们离开了村庄，离开了一条条熟悉的山路，离开了一缕缕飘着饭香的炊烟，离开了母亲傍晚时急切而不乏慈爱的呼喊，但我们的心中永远揣着小村的淳厚和正直。我们知道：祖先的目光是无所不在的，既然选择了他们交给我们的一个"游"字，我们就有义务恪守一个家族百多年来的纯净、尊严，有责任让地下的祖先安然入眠。

那座山其实就是祖先的村庄，它与山脚下的村庄遥相呼应、互为补充。因为它，逝者与生者有了交会；因为它，历史与现在有了融合。我爱我的祖先，尽管那个村庄的亲人大多数是我没有睹过面的，但我的血中有着他们生命的身影，我的日子里有着他们梦想的足音。

穿行于城市的山羊

我是在一个梧桐叶飘飞的秋日下午遇到那两只山羊的,那时我刚从一家书店出来,一个人走在体育馆旁的人行道上。两只山羊一黑一白,都是中等个头,被同一根黄黄的化纤绳子拴着鼻子。也许是刚刚从主人的手里逃离,它们拼命地想快些跑。然而,那根绳子却成了一种牵绊,越想跑快,越跑得慢,不一会,那个三十多岁的乡下人就追了上来,从中间把绳子一抓,两只羊只好乖乖地跟着他走了。

在城市,除了天上的飞鸟、市场里的鸡鸭鱼鳖、家里的阿猫阿狗,你不太可能直接看到更多的活物,你也许天天吃猪肉、牛肉、羊肉,但你一年到头难以见到猪牛羊生蹦活跳的样子,它们生蹦活跳的样子被屠户们的刀子拆解了。在天天千人一面的风景里突然钻出这样两只羊,我的心立即变得十二分阳光。

老家在农村，我走进城市后第一次见到活山羊，是在一个叫作龙泉峡的地方。那年去涟源湄江开笔会，会余游览龙泉峡，突然头顶响过一阵接一阵的铃声，让人疑心是不是走进了某个古战场。后来一打听，才知道湄江山地多，附近的村民喜欢放养山羊，还在山羊几个月的时候，村民就在它的脖子上套一个又大又粗的铁圈，铁圈上挂着发出独特声音的铃铛，山羊走到哪里，铃铛就响到哪里。山羊一放养就是两三年。村人想卖羊或杀羊，就寻着自家的铃铛声去找，据说，很少丢过羊。

我曾经也养过山羊。那时家里穷，一向钟爱三女儿的外公就给了一只成年的山羊让我家去养，母亲把任务交给我，我非常高兴。那只山羊神态非常威武，毛又是纯白的，惹人喜欢，只是它天天得吃青草，我的老家虽然多山，但那时是计划经济时代，村里人都窝在家里，靠种田养猪为生，山里的草，牛要吃、猪要吃，留给我家羊的有限得很。这只山羊我们养了一个多月，越养越瘦，不得已，只好把它还给外公了。那只被送走的山羊大概不会想到当生命穿越三十年的悠悠时空，我会在一座美丽的城市里与两只同它体格相似的山羊相遇。

在主人的引领下，那一黑一白两只山羊很不甘心地往前走了，它们是从外地回家，还是离开远方的家乡来到这座城市郊外的某座农舍？未来的某一天，它会想起今天看过的行道树、高楼大厦、广场、公园、红绿灯以及像爬虫似的小汽车吗？它是否记得在它逃离主人管制的那一瞬间，一个曾经的牧童、现在的诗人出自内心的惊喜？也许我是自作多情，一个卑微的生命在别人的严密控制下是很难有心灵的自由和想象的欲望的，不过，有了这一次穿行于城市的经历，有了不同于别的山羊的眼界，这两只山羊也算不枉此生了。

从羊联想到人，作为独立的个体、宇宙中最聪明的动物，我们难道就应该过天天一样的日子吗？

城市的山水

说起山水,人家总习惯地想到荒郊野外、边远地区。的确,山水是大自然的产儿,一个地方越富有自然的原生韵味,越有可能拥有美山好水。不过,城里的山水不多,决不等于城里就没有山水。

在去过的中小型城市里,我最喜欢桂林。无他,城中有山耳!叠彩山、象鼻山、伏波山等许多精品景点都在城里,它们构成城市公园最美丽的一部分,去那儿旅游,完全就是逛公园。其实,就山论山,张家界的天子山、杨家界、天门洞绝对比桂林的山陡峻,崀山的天下第一巷、鲸鱼闹海也远比桂林的山神奇,武夷山的雄浑更非桂林那些垂直高度只有区区几十米的山们可以比拟。桂林妙就妙在山在城中,城由山连,你走在这座城市的任何一个地方,都能感受到那些美人似的石山的魅力。

城市的山让你目迷五色,城市的水更能使你牵肠挂肚。那次去神农架旅游,回程经过宜昌,大多数同事都兴致勃勃地去看三峡大坝,我独自一人流连于宜宾的江滨公园里,目的只有一个:好好读读长江。我去过三次北方,来回都要经过长江,往返六次行程,其中三次是坐飞机过的,飞机下除了白云,什么也看不见;一次是坐软卧过的,坐在上铺,不方便瞭望;还有一次是在晚上,窗外漆黑一片,什么也看不见。唯独1990年去北京时坐的是硬座,经过长江也是白天。只是火车毕竟在高速前进,只几分钟就过了武汉长江大桥,从车窗望长江,虽然也感觉到了它的非同寻常的浩瀚,但总觉得不够过瘾。所以,到了宜昌,我决意在长江边停下来。坐在江滨公园临水的石级上,迎着清凉的江风,看着汹涌不息的波浪,听着长江惊天动地的水声。我的内心充满一种膜拜的情绪。领略一下万吨巨轮劈浪而过的豪气。长江毕竟是世界第三大河,性格跟其他的河就是不一样!

我喜欢城市的水,其实也是源于一段水边岁月。30年前,我考上了湖南师范大学,学校背靠岳麓山,面朝湘江,实在是个赏景的好地方。夏天我喜欢去看江堤边的垂柳,垂柳的枝叶给人一种曼妙的联想;秋天我爱去欣赏水边的朗月,一轮钻石似的月亮像灯一样闪烁在轻轻晃荡的江里,那种情致、那种韵味,令人想起恋人的低语;冬天我常去品味橘子洲头的冰雪,橘洲的雪薄薄的,但有一种别样的柔软,就像是被江水的热气烤软了似的。当然,我最爱干的活还是春天的夜晚坐在湘江西岸的大堤上,静静地听着喧嚣的市声,远眺着江中闪闪烁烁的渔火,想着那些庸人自扰的青春的心事。那时的我多么希望自己能在这片岸边永久停留下来,牵着某个人的手共享一个个温馨的春夜。然而,我知道,生活许多时候是无法完全由自己做主的,有些地方你不想离别却不能不离别,有些地方你不想抵达却不得不抵达。也许就是因为有过与大江朝夕相处的日子,今天的我心灵中保留了一份温热、浪漫和善良。

城市的山水,有时其实是一个人的另一份履历。

大美溪砚

倘有闲暇，你应该去看看溪砚。

溪砚就是溪口之砚，所谓溪口，就是位于湘中的双峰县杏子铺溪口村，该村有没有别的特色我不知道，但它有好水、好砚。好水，就是水府庙水库；好砚就是溪砚。

说起溪砚，我跟它还真有些缘分。四年前我所在的城市召开文化强市座谈会，我是入会代表之一，会后每个人领了一份漂亮的纪念品，正是溪砚，由国藩溪砚厂提供。不久前，市民盟又组织文艺委的委员们去国藩溪砚厂考察、座谈，于是我得以进一步走近溪砚。

站在国藩溪厂宽阔的展览大厅里，我第一个感觉是走进了仙境。砚上的葡萄熟得像是要掉下来，时时在逗弄着我们的口水；苦瓜红得如一片枫叶，让人忍不住想掐一下；那些精雕细刻的山峦高峻却又秀美，使你产生一种攀上去的冲动。我特别喜欢三方砚台。

一方叫"松山小阁"，一座怪石嶙峋的石山上傲立着一株株苍劲的松树，松树像黄山松一样扎根在石缝间，似乎想要向世人诉说自己的坚强与不屈，松树旁是一座漂亮的小木屋，那韵味、那情调，实在诗意极了。一方叫"紫鹊风景"，砚里的紫鹊界梯田连天，每一块梯田都像腰带一样飘在山间，山腰处有绿树，山顶上有农舍，如果陶渊明当年来过这里，我想他一定不会再写什么《桃花源记》，而会写一篇《紫鹊界记》。还有一方叫"荷塘清韵"，荷塘里荷叶绿得可人，有的向上翘着，有的向下垂着，看得出有风过塘；荷花呢，性急的开得汪洋恣肆，性缓的含苞欲绽，更妙的是一只青蛙站在荷叶上眼望着荷花，似乎是在用力闻着荷的香味，荷塘下是两只鸳鸯，它们并肩地悠游着，使人想起甜蜜、恩爱、不离不弃之类的概念。这些美砚的题材远不只上面所说的这些，花鸟草虫、果蔬树藤、本地风景名胜、水乡风情、历史故事，一概入列，每一个都那么栩栩如生、高雅清迈。

  美砚得力于美石。溪口的石头极有特色，它是一种远古的化石和特种石。分为水石与陆石两种。水石是从河底打捞的，那一般得等到枯水季节，雪花滩的水位降下去才行。我没有看过打捞，但我可以想象那种场面，一定充满着"嘿呀"、"嘿呀"的劳作调子，就像三峡船工过险滩时所唱的船歌一样。陆石是山上开采的，山上的石虽然多，想得一块适合作砚的石头却不容易。好的砚石质地必须细腻得像嫩豆腐一般，密度要比一般石头大几倍，即使将它雕成头发丝也不会断裂。溪石色彩丰富，有绛红、碧绿、橙黄、淡青、紫罗兰等等，特别值得一提的是它雕琢成砚后，着水研墨，经久不干，即使干了，也没有墨垢；寒冬呵一口气，即可研墨。

  溪砚是有故事的。相传当年曾国藩少年读书时，苦无佳砚发墨，对写字作文产生厌倦，某夜，其祖父梦得美砚一方，经人指点，祖孙俩向北沿涓水寻至溪口，只见山势奇峻、水挂高天、雷鸣电闪，在深谷间真的觅得奇石一块。雕成砚台后，曾国藩学业大进。有了这段经历，曾国藩终生高视溪砚，后来他还将溪砚作为贡品送给同治帝，同治帝用了之后龙心大悦，常置案头。新化人邓显鹤被称为"湘学复兴之导师"，在诗歌、古文和书法上都极有造诣，当时的湘乡知县胡竹安很想得到他的诗歌，赠了三方溪砚才如愿。邓显鹤对溪砚评价极高，他说："佳者过端溪，五盖不足言也。"广东端溪、郴州五盖所产砚池都是天下名砚，邓显鹤出此语，可见其对溪砚的热爱。民国初年，溪口宋樾生先生（宋希濂将军之父）曾与人组织过溪石砚池公司，最盛时有员工200余人，后因军阀混战而倒闭。胡天庆等砚工落户溪口，个体开发溪砚。也许是因为名声在外吧，20世纪70年代初，东南亚商人曾主动订货，县塑料厂也组织过生产，但因为客人要求雕刻"天女散花"等图案，被上级有关部门视为"封建复古"而作罢。2003年，曹长桂、刘锡忠等农民企业家看中了溪砚的文化历史价值，创办了"国藩溪砚厂"，着重开发艺术砚池，产品远销美国、日本、马来西亚、新加坡、香港、台湾等国家和地区，并获得了众多大奖，中央电视台"走遍中国"栏目曾专程来到溪口，为溪砚制作节目，古老的溪砚因此重见光辉。

——拜别那些精美的砚台，我们准备回城。门前人工湖中的小岛上绿树青翠、鸟声诱人，湖中的渔人悠闲地撒网、收网，水天尽处，一行白鹭悠悠地飞着，不时发出"嘎嘎"的叫声，像是在跟我们挥手再见。

就像这悠悠的湖水，溪砚其实也是大自然与人工的双重精华。

乡野的河

有事经过这座城市的第一大河涟水时，发现两岸都砌了高高的石磡，而且是用水泥做的灰浆，结实极了，石磡边是气派的沿江大道，于是不免产生这样的联想：在城市的河岸边会有泥鳅、螃蟹钻来钻去吗？会有青蛙在春天的夜晚戴星披月放歌吗？会有青草、野花四季的变化吗？

老家是山区，多石，无河，外婆家却是有的。外婆家离我家只有十几里，小时候一个月会去上好几回。到外婆家，放下行囊，只要有点空闲，第一件事就是去小河边野，吃顿饭都要外婆喊几回。

乡野的河实在是我之所爱，岸多半是土的，由河水自由冲刷而成，就算偶尔有几条石磡，也是因为造稻田的需要，河水流得自由、任性，要直是天然的直，要弯也是天然的弯。在这样的河里，似乎什么水生动物都有：螃蟹、泥鳅、野生甲鱼、鲫鱼、银鱼、虾米……你只要勤奋一点，随便就可以弄上一顿荤菜。乡野的河三四月漂亮极了。河岸边芳草萋萋，五彩缤纷的野花像是要举行选美比赛，那深红的是映山红，那淡红的是荆棘，那白的是梨花，那紫的是牵牛……到了秋天，河岸边也很热闹，枣子红了，野石榴黄了，拳头大的梨子熟了，把你的眼睛拉得直直的，把你的口舌逗得湿湿的。这样的河说它是画，是绝色美女，不是表扬它，而是贬低了它，更准确的说法是，它是神话中的仙境，是我们灵魂的天堂。

喜欢乡野的河，也是喜欢它清澈的水。我之所以用个"野"字，实在是太想把它跟一般的乡村的河区别开来了。现在城里的河污染得非常厉害，不能用来烧茶、煮饭不说，连洗一下手都可能脱皮。按理，乡村的河好一些，但因为有的工厂并不办在城里，而在郊外，它污染的河水直接流向了乡村。只有那些山高皇帝远的地域河水才保持了它应有的本色，比如我外婆家。这样的河往往由小潭悠悠地流出，经过一村又一村，走过一山又一山，水还是清澈见底，更没有什么难闻的气味。看着那样的河，赏着河边的景，你甚至会生出一种逐水而居的冲动。

乡野的河是非常宁静的。它有秋天的繁星、夏夜的蛙鸣、冬天的白雪，却没有人声的鼎沸，没有汽车带起的满天尘土。坐在河边，想画画的，你可以随手摆开画夹；想写诗的，你可以随地铺开稿纸；想向谁求爱的，你可以将河水喊得哗哗响；想做生意的，你可以在河边构思好商场生涯的每一个步骤……河水默默地陪着你，用轻柔的风抚摸你的脸颊，用细细的浪花吻你的裤脚，用岸边的水草激发你的灵气。它知道过于偏僻的乡野常常是留不住人的，只有付出自己全部的温柔才会给有心远游的人一点点念想。

乡野的河按照自然法则生存，没有任何欲望，时间告诉过它：欲望是清纯的死敌，人如此，河也如此。

手磨豆腐

乡下人是以晴雨来区别工作日和休息日的。天晴得下水田治虫、上旱地锄草、爬树上打柴、去草山放牛割草，事情多得很。只有下雨的时候，做完七七八八的家务活，才有点儿休息时间。这样的日子，如果有很长一段时间没吃猪肉、鸡蛋，父母中的一个会提议打豆腐吃（猪肉、鸡蛋太花钱，顶多两个星期吃一次，不能乱买，只能以吃豆腐的方式聊且解馋），另一个一定会积极响应。这当然不是为他们自己，家里有五个孩子呢，孩子们天天盼望有朝一日能吃顿好菜，眼睛望得像赤道一样长。

打豆腐首先得破豆。破豆要用圆圆的石磨，老家的人叫它磨子，磨子有上下两片，我家的磨子是爷爷甚至是爷爷的爷爷留下来的，泛出一种文物般的青光，非常好用。破豆一般由母亲主持，她会叫上五个儿女中的一个，跟她一起推磨子。母亲一只手握着圆圆的套着竹筒的磨柄，与儿女中的一人合推着磨子，另一只手麻利地将磨塘（湘中一带对石磨表面一个类似于洗碗盆的凹形物的称呼）里的黄豆扫进鸡蛋大的磨孔。石磨两面相合的地方有放射状石纹，不一会，破碎的豆壳和豆粉就从两片石磨的契合处流出来了。石磨的下方是一个固定的三面封口、后高前低的木斗，通过这个木斗，磨碎的豆粉可以顺利流进地上的白铁桶。磨子是有支架的，木斗的出口比水桶略高，底下放个一般的容器绝无问题。磨柄很沉，推起来费劲，我们推上一阵，母亲会主动叫我们歇歇，但她自己是不会歇的，做豆腐有许多道工序，母亲得赶时间啊！

破完豆，母亲会从墙上取下一个竹篾织的晒东西的小盘扬豆粉里面的外壳，扬干净，再将豆粉倒进白铁桶，加上适量的水，这叫浸豆。浸豆的水不能太多，太多磨生浆会很辛苦；也不能太少，太少浸不发豆粉。依我家经验，浸豆粉的水比豆粉高出三厘米左右即可。

豆粉浸发后，我们又得与石磨合作了。磨生浆的程序跟破豆一模一样。生浆从磨子出来的样子煞是好看，它洁白如雪，有点像寒冬树枝上挂着的层层叠叠的冰片，也有点像古老的洞穴里挤挤挨挨的钟乳石。

生浆必须在火上烧开。烧火的活父亲干得多些，父亲是乡间的土厨师，善烧大灶火，烧生浆的活一般都是他干。浆开后，稍稍冷却，必须滤浆。所谓滤浆，就是将浆水中的豆渣滤净，以免影响豆腐的凝结。滤浆时，父母会摆出一个半人高的木桶，上面放个井字形木架，再将热热的豆浆倒进木架上的布袋，一遍遍揉搓，揉到布袋里不再出浆才停止。

打豆腐的最后一道工序是让豆腐成形。我不知道别的地方做豆腐用的是什么凝聚剂，我的老家是用石膏的，不是用固体的石膏，而是用石膏磨成的水。两公斤黄豆需要的石膏水大约是一百毫升。等到豆浆变成有些凝固的"懒豆腐"（老家对半凝固状的豆腐的称谓），再将它一勺一勺舀进贴了一层包袱的高约六七厘米的模具，舀完，覆包袱布，盖模具盖，模具盖上再压一块五六斤重的石头。等上两个小时，一大盒白花花的水豆腐就做成了。

煮手磨豆腐通常有三种，一是水煮豆腐，一是油煎豆腐，一是炸豆腐。除了过年，我家一般都是吃水煮豆腐和煎豆腐，因为这样不太耗油，倘若我们提出想吃炸豆腐，父母也会答应，那时我们肚里的油水实在太少，父母也想尽自己的能力让我们吃得好一些。

进城后也经常买豆腐吃，城里的豆腐是用电机磨的，比老家的手磨豆腐细腻许多，但我总是感觉不出小时候吃过的那种美滋滋的味道。也许，对于走进中年的我，手磨豆腐关联的不仅仅是物质的东西。

躲在时光中的老宅

那座老宅我没有住过,我七十多岁的父亲也没有住过,但老宅的确与我们相关,相关的证据是:老宅一间堂屋被拆时,我家曾分到过五根房梁、一副大门的门框。

祖父四十岁的时候,我家就搬出了老宅,那时父亲还没有出生。曾祖父从太曾祖父手里分了五间房子,又在紧靠老宅的地方自建了四间。祖父三兄弟分家时,身为老二的祖父与大爷爷联手购得小爷爷在老宅的三间房子,小爷爷另外开栋,大爷爷仍住老宅,祖父与两个奶奶一起搬进曾祖父建的四间楼房。

老宅第一栋房子建于何时,我不知道,在这个世界上,乡村的历史永远是被文字忽略的,就像一些不知名的野草在山坡上自生自灭一样。我只知道老宅最后一次建房是在同治22年(1884年)8月,迄今已有一百二十多年。

我没有见过完整的老宅，但我的母亲见过。母亲回忆，她嫁到我们那个地方的时候，老宅还是一个巨大的四合院。老宅南面有一座高大的盖着屋瓦的院门，乡人称之为"槽门"，这也是老宅的正门。槽门之左有四间并排着的两层住房，槽门之右用巨石砌成两米高的院墙，院墙顶上平摊着一米见方的石板，可以用来摆放晾晒东西的蔑盘；北面中间是一栋高大的土砖房，被称为"正厅屋"，"正厅屋"有厅堂一个、住房八间，它的两旁各自横着一栋大房子；东面则是一栋立有厅堂的二层土楼，住房也是八间；西面排着四五间正房，外加一溜用来饲养牲口的杂房。四合院的中间还有一块足有三四个篮球场大的地坪。父母告诉我，这个四合院只有两个地方可以出进，一是槽门，一是杂房边的后门。只要留点意，土匪很难攻入院子。

老宅是太曾祖父兄弟俩一起建的，现在谁也不知道他们当初建这个四合院到底花了多少钱，我猜想那应该是一个非常庞大的数字，这些钱都是太曾祖父兄弟从地里一文一文刨出来的。太曾祖父一共拥有良田二十多亩，还有数量可观的遍布各个山头的旱土。横亘着一条宽阔的时间之河，今天的我已不太可能弄清楚太曾祖父与他的五个儿子当年如何耕种这些土地，但我绝对能够想象其中的艰难。我在农村长到十八岁，生产责任制时，种过豆子、插过红薯、割过黄豆、打过水稻、挖过旱土，每次到了双抢，累得连饭都不想吃，一上床就打鼾。当时我家七口人分得的稻田只有两亩，旱土也不超过四亩，不足我太曾祖父耕种的十分之一，并且还有打稻机、抽水机等相对省力的农业机械帮忙。太曾祖父与他的五个儿子寿数大都没有超过五十岁，我想这与当年他们披星戴月地劳作有关。

老宅的毁坏始于南面的院墙，那是在1958年，一个非常特殊的年份，不过，当时老宅的格局还在，老宅的大变特变是在最近三十年。随着老宅人口的日渐增多，许多家庭选择了去外面开栋或就地扩建。去外面开栋的，往往会把自家分得的老宅拆掉，将有用的门窗、房梁、砖瓦等挑出来，用于新宅，以便节省些开支；就地扩建的，也大都会拆掉旧房，统筹使用地皮。

老宅初成时，太曾祖父家只有十来口人，现在早已超过了两百人。老宅的子孙中，有经商的，有做作家的，有教书的，有当工人的，也有打工的，只要回了老家，他们都会情不自禁地去祖地上走走。祖宗是平民，没有给我们这些在外地发展的子孙铺垫一个好背景、硬后台，但祖先的坚韧、勤劳、牺牲精神已深深融入我们的血液中，成为我们灵魂的一部分。走进祖地，本质上就是一种精神还乡，一种对先祖的无言缅怀。

作为物质形态的老宅不复旧时模样，但作为精神象征的老宅却一直存留在我们心中。

假若有一块私人土地

我这人从不崇洋媚外，不过，有一点我真的很羡慕西方人，他们的国家地广人稀，房子前可以有一片宽阔的私人土地，土地上有树林、河流、各种动物，坐在门前，看一眼都会陶醉。而我们国家人口太多，土地珍贵，想拥有一片土地，非得出天价不可，我这种半穷人自然不敢问津。更多的时候，我只是在想象：假若拥有一片足够大的私人土地，我会干些什么？

我干的第一件事肯定是造湖。我喜欢看水，小时候在老家，经常望着池塘、小水库、山里的溪流出神；长大后走出农村，可以更远地看水了，于是欣赏了洞庭湖、长江、南海、东海、渤海，水的柔软而坚硬的性情常常使我着迷。倘若自己拥有了土地，我当然会天天与水相伴。造湖我绝对不用石岸，而会用土岸。再大的湖，如果用的石岸，就变成池塘或者人工水库，与自然的湖意趣相隔十万八千里，土岸不同，土岸是最接近大自然的方式，也有利于保持湖泊的生态，便于湖水的自我静化。至于湖水，我不会选择附近的河水，而会从高山引进清亮的山溪，还要设置一个出口，让湖水保持必要的流动。湖造成后，我会在周围种植一圈垂柳、水杉，为鸟们开发点"经济适用房"。月明星稀之夜，我又恰好有时间的话，一定要邀集三四好友，泛舟湖中，品茗而谈、横槊赋诗，让大家从现代生活的挤压中伸出头来放飞一下压抑的性灵。

我还会在这片土地上种花。桃花本来不是我最喜欢的，在我看来，那小小的铜钱大的粉红色骨朵不娇媚，也不性感，然而，桃花自古是文人浪漫精神的象征，陶渊明的《桃花源记》、崔护的《题都护山庄》里面都有对桃花的赞颂，缺了它，我的土地就少了一种诗歌的韵味。与桃花并排的，我可能种桂花，金色的桂花像米粒，小得让人漫不经心，但桂花的想为你不可能忽略，它的香既不像玉兰花一样浓得让你窒息，也不像樟花一样清淡，它香得雅致、中庸，使你不觉间生出欣喜。围着桃花和桂花，我会种一圈木芙蓉。读初中时，学校的校舍破破烂烂，老师教的内容也索然无味，实在没有太多值得回忆的东西，唯有天井中那一株木芙蓉使我兴奋。木芙蓉的叶子大如女人的手掌，秋天时会放出一朵朵碗口大的花朵，这些花朵起初为浅红，颜色一点点加深，最后会变得像红玫瑰一般，不见一点杂色，那张扬的生命象征不屈的精神。除了这些树质的花，我还要种一些灌木型的花，如蔷薇、玫瑰、月季、康乃馨，种这些花主要不是为欣赏，而是为了送人。生活中有许多朋友我非常喜欢，但我生性内向，不长于表达感情，种了这些花，我对谁感觉好，就送给谁一朵，既浪漫又温馨。

最后我要在这片土地上修一座小木屋，木屋不必豪华，但一定要造型优美、住着舒适。我会设计一些超过半面墙的大窗，让清风明月、蝉鸣鸟喧随时可以进来；我会建造几面宽阔的屋檐，使走廊成为一个不论晴雨都可以好好赏景的地方。在这座木屋里，我不会搬来电视机和电脑，电视里的东西太八卦，常常不自觉地降低了你思考的愿望；电脑太科技，科技的东西当然方便，但缺少原始的诗意。我最喜欢的生活是晴天适当做点体力劳动，下雨就躲在小木屋里写些性情文字。如果想要让自己的文字变成铅字，就骑一辆山地车，把自己的心情丢进圆圆的邮筒，然后，悄悄地等待装着样报样刊的大信封到来。这样的生活也许有点返古，但它能为心灵留出更多的时间和空间。

是的，我想拥有一片私人的土地，拥有一片真正的灵魂的家园，在这个家园中说自己想说的话，做自己真正想做的事，然后，在湖水的映照下，看着自己在一种优雅中慢慢地老去。

挑担光明回家来

煤炭的火苗非常好看,煤块根部是海水一般的蔚蓝,中间黄绿夹杂,顶端则变成淡淡的红色,尽情绽开的样子活像一朵春天的花。我是中文系毕业的,自然科学知识有限,不知道煤火何以会成为这般模样,这样的火苗不用去烤,看一看,也会满眼生出温暖。

老家虽在山区,地底却是石质的,里面据说有阴河穿过,这样的土质条件自然不会贮藏煤炭。我在农村生活的那些年,要烧煤,得去四十里外的一个地方去买。煤炭得来不易,烧得自然也节省,我家春夏秋三季完全不用煤炉,煮饭烧水全靠柴火。只有冬季气温特别寒冷的时候,母亲才舍得用煤炭烧个地灶,灶上经常坐着煮猪潲的大铁锅,灶的周边会有一点热度,在我家,这就算是烤火了。

十六岁那年,我第一次担炭。在我们那儿,这个年龄才担炭算是比较迟的,不是我偷懒,是父母以前不让我去。农村的人结婚早，生育也早，我十六七岁的时候，父母只有四十来岁，年轻得很，自己有力气，他们自然舍不得让我吃苦。我第一次担炭的机会是自己争取的，父母并未要求我去，相反，母亲还曾极力阻止。担了几次炭，父母觉得我基本上能适应，才不再阻止我。我之所以想去担炭，一方面当然有减轻父母负担的因素，另一方面其实也是想去一个新地方看看，农村的孩子不比城里孩子，他们走的地方太少。因为路途远，每到担炭的日子，我们总是天不亮就起床，匆匆扒两碗饭，摸着一线微光小心翼翼地上路。上午十一点左右到达炭山，如果买煤的人少，十二点左右可以踏上归途；假若人多，就要拖到中午一点才能走。

炭山里买炭有个规矩，不能自己挑选，而是上炭工给你什么炭，你就得拿什么炭，有时炭里难免混进些根本不能烧的油土。我父亲是石匠，母亲长于持家，日子在村子里还算过得不错，但也非常清贫，找点买炭的钱不容易。所以，每次担炭，我都会趁上炭工不注意，弄一些好烧的炭块放在竹篾织的箩筐底部，不过，我不像少数人一样贪得无厌，只要我觉得足以补偿自己的损失就行了。看我做事不过分，上炭工也装作没看见，彼此相安无事。

我们担炭一般都是挑伴的。挑伴也没有别的意思，就是路上可以互相说说话，有什么事能关照一下。父母一般不太愿意我跟小伙伴一起去担炭。我从小不擅干农活，耐力很差，我的那些小伙伴挑七八十斤还健步如飞，我挑五十斤却累得气喘吁吁。小孩子不懂事，进了炭山，只要自己挑了炭就发疯似的走，不顾后面的人跟不跟得上。父母希望我跟叔叔搭档担炭。与叔叔一起担炭，叔叔会特别照顾我。我走快，他也走快；我走慢，他也慢慢地走；我走不动了,他会转过身来接我,有时一担炭要接上十来"肩"。叔叔智力不是太灵光,与父亲关系并不融洽,这样无形中也影响到我们叔侄的感情,然而,当他十年前在韶关一个工地遇难,我流了不知多少眼泪,为争取合理的赔偿东奔西跑,后来又整整失了半年的眠,一个重要的原因是叔叔始终对我很好,让我没有办法忘却。

两年前,父母搬进了我所在的城市,这座城市二十年前就用上了管道煤气,只要拧开按钮,绿色的火苗就会喷成一朵莲花,用不着再烧煤。但我每次看到与煤炭有关的字眼,总是想起十多岁时的那段生活,想起家里用自己挑回的煤时那种快乐。我自然不是喜欢担炭这种劳动本身,而是热爱煤炭呈现的温暖与光明,看重自己对家人有用的那种感觉。这种希望自己于他人有用的想法一直支撑着我的人生,历经岁月沧桑从未更改。

都是一种生活

十多年前,我住的地方属于城乡接合部,站在阳台上,一眼望去是五彩斑斓的田地,近处的是菜,远处的是稻麦,田野上不时有男男女女在劳作。读书倦了的时候,我会一个人沿着一条熟悉的田间小径走走,那带着草香和花色的清风,那空中翩翩起舞的蜜蜂和蝴蝶,让我年轻的心灵生出无数的欣喜和感动。我曾经专门为这段生活写过一篇题为《家住清风明月中》的散文。

然而,城市的人口不断膨胀,我的文章发表半年后,单位周围的菜地就开始填土建房,最初是地矿局,接着是交通规费征稽处,然后是农业银行和别的单位。2000年,我所在大学启动专升本工程,市里为了表示支持,立即按高速公路的技术标准整修了单位门前的大街。路一拉通,街道两边的房子像春雨后的蘑菇似地钻了出来,而且一座比一座高大,一座比一座时尚。三四年前,市里又把这一片定为开发区，房地产项目更是火速升温。触目所处，不是高楼大厦，就是机器轰鸣、人声鼎沸的建筑工地。

大片乡土变成了名副其实的城区，我的生活不觉间发生了改变。以前中午睡觉安安静静，连蝉儿飞过的声音都可以听见，如今莫名其妙的吆喝声好像打开了擂台赛，有叫卖西瓜的，有推销牛奶、小家电的，有磨剪子呛菜刀的，有修理洗衣机、电冰箱、热水器、煤气灶的……特别恼火的是有时刚刚入睡，突然一阵小喇叭声把你闹醒，你想发火，可小贩小匠们早已离开，这个时候，你恨不得向单位打个报告去亲自守门卫，把这些人全部挡到门外。人多了，财物的安全也成为问题，过去我的自行车放在楼梯底下忘记上锁安然无事，而今放到三楼走廊再加两把锁还是被偷了去。

城区扩张的好处自然非常明显：以往报社寄来稿费，我得去一公里外的中心邮局领取，如今单位斜对面就有邮电所，五分钟可以解决问题；从前买个牙刷香皂什么，只有单位门前有一个小卖部，物次价高，现在这条街有点规模的超市少说也有十家；当年我们买菜得去700米处的一个市场，八年前，对面有了新市场……假若你不想感受城市中心特有的繁华和人气，哪怕一年半载不离开这条街，照样生活得如鱼得水。对于我来说，城区扩张还有一个特别的妙处：晚上上课安全感倍增。城区未扩展前，这里人烟稀少，路灯时有时无，就算有也无精打采，人走在路上心里总惴惴的；这几年，房子大批增加，街上的人川流不息，路灯全部换成了高功率的莲花型华灯，心里自然多了几分底气。

人，尤其是文人，大多喜欢诗意地栖居，我们一方面希望领略城市的繁荣带来的种种方便，另一方面又在心灵深处保留着对大自然的清风明月的向往。而生活从来不以我们的意志为转移，它常常逼着我们在两难间做出选择：想要诗意，就得舍弃方便、舒适；想得到方便、舒适，就得放弃诗意。人的心灵可以是感性的、性灵的，但作为人类物质文明象征的城市是功利的、带着种种经济盘算的。我们既不必为业已获得的城市生活的种种好处沾沾自喜，也无须为城市挺进过程中自然诗意的流失过分伤悲。

高楼大厦和清风明月其实都是一种生活。

乡间炊烟

两年多以前,父母曾从乡下搬进城里,从那时算起,我已有两年多没有回老家。虽然三个月前,由于不习惯城里的生活,父母又搬了回去,但我实在太忙,一直没有顾得上去看他们,只是隔三岔五打个电话问问父母的情况。

其实,无论隔多久没回去,故乡都永远清晰在我的脑子里。我家房子的右侧是一个有好几十亩水面的大塘,一般要到冬天才会为了捕鱼而抽干,塘水清澈照人,我小时最喜欢去那儿洗澡。我不说游泳,而说洗澡,是因为我确实不会划水,只能蹲在水边用毛巾擦擦身子。我家那时还没有自来水,不好装淋浴,也只能这样解决个人的卫生问题。房子前后都是土山,山上长满了松杉栗桐和各种灌木,到处都是可吃的东西,比如野草莓、茶苞、花蜜、映山红,还有必须煮熟才能吃的蘑菇。左侧是一座高达千米的石山,石丛间夹着一块块或大或小的旱土,随着季节的不同,种着小麦、红薯、黄豆、玉米、荞麦、丹皮、芍药等等,真的是五彩缤纷。

当然,故乡最亲切的物事,不是它的地理状况,甚至也不是它出产的东西,而是傍晚时分,瓦房顶上升起的那一缕炊烟。小时候顽皮,读完书放完牛总要到外面疯一阵才回去。知道我们野,父母在煮熟饭菜之前是不会叫我们的,饭菜一熟,父亲或母亲就会站在地坪里扯着嗓子喊我们,答应得快,父母一般不会骂人;如果故意老半天不作声,回来一定会挨训。后来长大了些,自尊心强了,不想再挨父母的骂,我开始留意屋顶上有无淡灰色的炊烟。屋顶上没有炊烟,证明父母还未从地里回来,我们该怎么疯就可以怎么疯;屋顶有了炊烟,证明父母已经做饭,我们应该归家了。小时候我进了家门,第一件事就是去厨房看看,希望晚上能有好吃的,但厨房里的东西多半会让我失望,不是青菜就是霉干菜,极少有荤菜。这自然不能怪父母,处在那么一个什么都被管制的年代,父母又生了五个孩子,能让我们吃个大半饱,已是极大的不易,怎么还有可能考虑到吃不吃得好这样的事?尽管明知是这样,我们每次傍晚回家,还是习惯于去厨房里走一趟,好像不探知晚上吃什么就放不下心似的。

后来我考上了大学,去了遥远的省城,再后来我分配到了离家一百里的一座城市,从此在一块陌生的土地扎下根来。每月有了一份工资,加上还算过得去的稿费和版税,我离各种美食越来越近,却离老家的炊烟越来越远了。偶尔回乡下,看到黄昏屋顶上升起的那一缕螺旋状上升的炊烟,我依然会不由自主地走进厨房,看看锅里煮的是什么东西,但此时的我关心的不再是自己的吃,而是父母在家里过的日子，是父母的身体状况，是见到父母的那一份出自内心的高兴。父母呢，我每次回家，都要把最好的东西煮给我吃，比如腊肉、仔鸡、猪肚、土鸡蛋等等。父母老了，但他们对子女的爱依然如我们刚出生时一样地饱满、青春，充满着水盈盈的质感。

  我喜欢乡间的炊烟，乡村的炊烟不仅养育了我的身体，也培养了我善良的灵魂，激励着我在生命的旅程中善待泥土和生活在泥土上的人们。

母亲永远的自留地

我是一个大大咧咧的人，平时的事情也多，不要说自己的生日，就是父母的几十大寿也常常忘记。然而，我的每一个生日总有一个人一定会记得，一定会表示深深的祝福。

那个人是我的母亲。

我不知道母亲如何在漫长的几十年里每次都记起十月初一这个枯燥的数字，也不知道母亲想起这一天的时候，心中涌起的是对曾经的生育痛苦的回忆，还是对儿子终于长大、成熟、事业有成的欣慰？不过，有一点我始终坚信不疑：我并不神圣的生日早已成为母亲生命中最重要的一件事。

我在湘中山区生活了十多年，那时家里连饭都吃不饱。然而，每次过生日，母亲都会给我煮几个荷包蛋放在碗底，上面盖上热热的白米饭，一看就能流出口水来；手头稍松，恰好又有人家杀猪，母亲还会称上三五两新鲜精肉，做一碗清蒸肉给我吃。小时候亟盼过生、过年，说到底就是肚里的馋虫作怪。十八岁跳出大山，大学离家里有三百公里，母亲没有条件在生日为我弄吃喝，她于是算好时间，寄上十五或二十块钱，让我在生日前两三天收到，随汇单邮来的必有一封或长或短的家信。每封信的内容各各不同，但有一点雷打不动，那就是嘱咐我用邮来的钱在生日那天好好吃一顿。

大学毕业后，进入另一所大学。开始十来年，我过的是单身生活。母亲知我不会照顾自己，我过生日，她一定会鸡鸭鱼肉的提上一大袋，到相距五十来公里的城里来看我。做了菜自己又不怎么吃，只是傻傻地看着我狼吞虎咽，目光里洋溢着一种被烙铁烙了皮肤似的心疼。

单位把我妻子调过来是一九九五年的事。有了妻在身边，我的生活发生了很大的变化。最初两三年，母亲似乎有种惯性，生日时还是要给我送来各种肉食，我责备了她几次，甚至给她算过一笔账，说她送的这些东西，如果算上来回的路费和一路的颠簸是如何的不值，母亲才作罢。以后的生日，她就清早给我打祝福的电话，无一例外。

不惑之年很快到了，生日那天，我正在长沙读省委宣传部办的作家研讨班。母亲晓得我的手机漫游，怕我破费，反复拨打我住的房间的电话。我恰好有事外出，从"同居"的同学那里得知此消息，连忙给母亲回了电话，母亲说：她打电话是两个意思，一是祝贺我满了四十岁，二是问我到底何时做生。我说做生这事就免了，生日都过了，再做也没有什么意义，何况，我过生从来不告诉别人，朋友们都忙，我哪能因一点小事耽误他们的时间？母亲说:"别人来不来,我不管,我这做母亲的得来,我只有一个儿子啊!"我答应学习归来之后抽一个时间小范围聚一次。这种做生,在母亲,是要完成一个美好的心愿;在我,自然只是为了履行一种义务。母亲已老,我不能因为这种事惹她生气啊!

我的生日是母亲永远的"自留地",在这块地里,母亲播种她的爱、她的关注、她全心全意的牵挂。我下定决心要把自己的每一个日子经营得美轮美奂,我的幸福就是母亲的幸福,我的快乐就是母亲的快乐。

乡下雨

自从有城市开始,人就分为城里人与乡下人,雨就分成城里雨与乡下雨。

观察某个人是不是乡下人,不必刻意调查什么,看其外表就足够,城里人多半白白净净、嫩皮细肉;乡下人往往黑黑黄黄、皮肤粗糙。考察一种雨是不是乡下雨,则更简单,只要留心一下它落在城市的高楼还是乡下的旷野就行,乡下雨跟城里雨的一切差异都因这个而生发。

我进城将近三十年,在乡村只生活过十八年,尽管在城里的年头远远长过乡下,但我最爱的还是乡下雨。城里雨无论下在屋顶上还是街道上,声音都是钝钝的,像一个风烛残年的老人。乡下雨的声音则像音乐一样悦耳。下在屋瓦上的是清脆的尖音,像年轻的女歌星唱的美声;下在水塘里的是悠扬的高音,有点像古时的山歌;下在树木花朵上的是浑厚的中音,颇类似于我们在晚会上听到的通俗歌曲。郑板桥的诗云："衙斋卧听萧萧竹，疑是民间疾苦声。些小吾曹州县吏，一枝一叶总关情"，世人多半解为郑板桥因听到风吹竹叶声而思民生之疾苦，我独以为那晚肯定是下了一场不大不小的雨，正是这场雨使竹叶声显得分外清脆。说雨不大，是因为郑板桥卧在衙斋还能听到竹子的枝叶之音；说雨不小，是因为它能将竹枝击打得噼噼啪啪。想想看，风雨之夜，一灯如豆，官舍安安静静，只有窗外一丛楠竹在风雨中低低地倾诉，那是一种如何动人的意境！怎么会不触动大画家、大书法家、好官郑板桥的心弦呢？

乡下雨美丽的声音使人迷恋，其外形也让人陶醉。小时候遇到下雨，我最爱干的活就是去家门前的池塘边看雨。一个人打着伞站在塘坝上，看着上千万条雨线在空中舞蹈之后，一一跳进塘里，接着变成一只只规格大致相同的圆圆的水圈，水圈中间是凸起的小水粒，旁边的水纹一圈圈由低到高、由小到大剧烈波动，实在是好看极了！

我最喜欢的乡下雨是下在两种时候，一是夏天的插秧季节，一是某些干旱的秋季。湘中的夏插一般是在七月底，天气奇热，我们在稻田里劳动，汗水经常把眼眶泡得生痛，非常难受。老天怜悯我们，不时会下一会儿阵雨。天一下雨，气温立马下降，无论怎样做事，都不再出汗，眼睛也开始变得清爽。秋旱在我们那种以石山为主的山区是常事，按年头算，概率达到了三分之一。遇上干旱年份，晚稻的叶子会由葱绿变成黄绿，干燥得似乎一把火就可以将它们点着，稻田会裂开一条条食指大的土缝。农民是指望着田里吃饭的，摊上旱灾，心里那个急啊！父母急，我们自然也跟着急。一旦下雨，尤其是下一场大雨，田里的禾苗重新昂首挺胸，父母皱皱的眉头舒展了，我们跟小伙伴玩得格外开心。